光文社文庫

文庫書下ろし

怪人二十面相

乱歩奇譚

黒　史郎

原案・江戸川乱歩　原作・乱歩奇譚倶楽部

監修・上江洲　誠

光　文　社

この作品は光文社文庫のために書下ろされました。

怪人二十面相

目次

【末の世《LAST DAYS》】

わたくしたちの国《くに》では、だれもが、あの怪人《かいじん》の名をしっています。

大人《おとな》も子供《こども》も、男《おとこ》も女《おんな》も、みんながみんな、その名をしっているのです。

なぜなら、この国は悪人《わるいひと》たちのおこす悪事《わるいこと》によって、くさってしまっていたからです。

なにせ、罪《つみ》を犯《おか》しても罰《ばつ》をうけることがありません。すきなときに破壊《こわ》し、ほしいときに盗《ぬす》み、気にくわなければ殴《なぐ》っても、蹴《け》ってもよろしい。気にいったのなら犯《おか》してもかまわない。理由《りゆう》があってもなくても殺《ころ》したかったら殺《ころ》してもよい。そういう免罪符《ゆるし》を、だれもが得《え》ることのできる、そんな国になっていたものですから、わたくしたちには正義《せいぎ》の味方《みかた》が必要《ひつよう》だったのです。

怪人《かいじん》は、罪《わるいこと》をゆるしません。悪人《あくにん》をぜったいにゆるしません。かならず、鉄拳制裁《てっけんせいさい》をあたえ、正義《せいぎ》の刃《やいば》のまえで永久《とわ》の眠《ねむ》りにつかせました。ですから、人々《ひとびと》のなかで、その名は神話伝説《しんわでんせつ》の英雄《えいゆう》よりもつよく、きよく、すばらしい、無敵《むてき》の存在《そんざい》となりました。

三年前《さんねんまえ》の新宿《しんじゅく》サザンテラス《さざんてらす》の光景《こうけい》をおぼえていますでしょうか。

街道《かいどう》をまたぐ歩道橋《ほどうきょう》、その鉄枠《てつわく》の上にたつ、髑髏《しゃれこうべ》マスク《ますく》の雄姿《ゆうし》を！

そうです！　皆様《みなさま》ご存《ぞん》じ、《原初《はじまり》の断罪者《だんざいしゃ》》。

われらが、怪人《かいじん》二十面相《にじゅうめんそう》！

その姿《すがた》を見あげますのは、今でこそ名探偵《めいたんてい》と呼ばれている、あの人物《じんぶつ》。

そうです、明智《あけち》小五郎《こごろう》、彼《かれ》のこともわすれてはなりません。

おもいだしてください。われらが怪人《かいじん》二十面相《にじゅうめんそう》は、後《のち》の名探偵《めいたんてい》にこういい放《はな》ちましたね。

「二十面相《にじゅうめんそう》は死《し》なないよ。今より星《ほし》になるんだ。そう、暗黒《あんこく》を照《て》らす一等星《いっとうせい》にね。そのあとは後継者《こうけいしゃ》が怪人《かいじん》の名を受《う》け継《つ》いでくれる。やがて来《き》たる終末《しゅうまつ》――腐敗《ふはい》した世《よ》が迎《むか》える最後《さい ご》の日だ――再《ふたた》び、暗黒《あんこく》の星《ほし》は地上《ちじょう》へと降《お》りてくる。そのときまで、さようなら、さようなら、明智《あけち》くん」

その言葉《ことば》を最後《さいご》に、われらが怪人《かいじん》二十面相《にじゅうめんそう》は炎《ほのお》に包《つつ》まれ、燃《も》えあがりました。

この日以来《ひいらい》、われこそが二十面相《にじゅうめんそう》の後継者なるぞ、と宣言《せんげん》するものが後《あと》を絶《た》ちませんでした。正義《せいぎ》は断《た》たれず、連綿《れんめん》と受《う》け継《つ》がれ、われらが英雄《えいゆう》の魂《たましい》は星《ほし》となって、続《つづ》くものたちを照《て》らすのです。

ばんざい！　われらが二十面相《にじゅうめんそう》！　ばんざい！　ばんざい！

【中村、新宿《ジュク》でぼやく】

被害者《ガイシャ》は目黒《めぐろ》在住の二十代無職男性。現場は駅付近のコンビニエンスストア。レジで店員と接客態度云々《うんぬん》で揉《も》めているところを後ろからブスリ、と。死因は頸部《けいぶ》を刃物で貫かれたことによる出血多量の失血死。凶器は日本刀——といっても、マル暴の案件ってわけじゃない。被・加害者、どっちも堅気《カタギ》さんだ。

白昼堂々、店員と複数の買い物客の目の前で「天誅《てんちゅう》！」と叫びながら襲いかかったらしい。容疑者《ホシ》は犯行後、「成敗！」とキメ顔で言い残して現場から逃走。三十分後、現場から二キロほど離れた場所にある駐車場で切腹しようと厳粛な空気を放っているところを、駆け付けた警官たちによって取り押さえられ、敢《あ》えなく御用。

お縄になったのは、時代錯誤な筋者《スジモン》でも江戸時代からタイムスリップしてきたお侍さんでもなく、ましてや日本原理模索者共鳴者《シンパ》の生き残りでもない。暴れん坊な将軍の正体は被害者《ガイシャ》の父親で元保健施設事務長（五十五）。凶器となった日本刀はコレクションの一部で、登録証のない無許可所持だとか。おっとっと、これだけでも問題ですよ。肝心な殺害動機は、放蕩息子への再教育だとか。いやいや、教育に成敗っておかしいでしょ。つーか、コロしちゃったら教育もなにもないでしょうに。ねぇ。

新宿《ジュク》じゃ、この手のぶっ壊れたやつが起こす、ぶっ飛んだ事件は珍しくない。人は誰だって、道徳とか倫理観とか常識とか理性とか、そんなどこで習ったのかも忘れちまったようなクソ立派なもんを大事に鞄の中に入れているもんだが、底に穴でも開いちまったのか、それとも元から入ってなかったのか、鞄の中が空っぽな人間ってのも結構な数がいる。そういうやつが毎日毎分毎秒、当たり前のように、この街のどこかしらで何かを起こしてくれるってんですから、新宿《ここ》はやっぱり魔窟なんだなぁ。なんて、つくづくおもうわけだ。

この街に来たのを最後に、ぱったり消息を絶っちゃったって人間を俺はけっこう知っているし、行政の執行なんかじゃ到底こじ開けられないような分厚い扉《カギ》があっちこっちにあって、どんなヤバイものが梱包《こんぽう》されているかわからない真っ黒な箱《ビル》や、一度入ったら出られない不入山《いらずやま》みたいな領域《テリトリー》が、繁華街のがちゃがちゃしたネオンと喧騒と治外法権の陰に存在しているのを、知りたくもないのに知っている。知っちゃいけない、知られちゃいけないってネタが、そのへんに、それこそ石ころみたいにごろごろしているのが新宿《ジュク》って場所だ。

だから、自然と慎重にもなる。そりゃそうだ。気をつけて歩かないと、転んじまったら怪我どころじゃすまないってこともあるからな。踏んじまったらサァ大変、圧力って名の大爆発に吹っ飛ばされるって地雷はそこら中に埋まっているし、迂闊《うかつ》に引っぱると大御所芸能人や大物議員が芋蔓式《いもづるしき》にコンニチハしちまう面倒な畑も其処彼処《そこかしこ》でこんもりしているもんだから、怖くっておちおち散歩もできやしない。

なにがいいたいかっていうと、そんな危険な情報《ヤバいネタ》から比べれば、人死になんて日常茶飯《にちじょうさはん》ってくらい珍しくもなんともないってこと。当分見つかる予定のない死体《ホトケ》が新宿《ジュク》のあちこちにあるなんてことは俺たち警察のあいだでは、もはや常識中の常識なわけで、埋められたり沈められたり梱包されたり焼かれたり、この世から戸籍ごと消えちまったりして見つからないのがほとんどだ。発見されてニュースで騒がれている死体《ホトケ》なんてのは氷山の一角で、殺されちゃったのは運がないけど、ほんとは見つかっただけでも運がいいほうなんだ。誰だったかね、死体を隠すなら新宿《ジュク》に隠せっていったのは。

俺には死ぬまで縁がなさそうな、洒落《しゃれ》た高級ブランド服を見せびらかすデパートの灰色のショーウィンドウに、よれよれのスーツを引っ掛けた猫背の中年男が映っている。髪はぼさぼさ、適当に散らばった無精髭《ぶしょうひげ》、やる気ゼロって面《つら》のこいつは、まいったね、俺だよ。

あーあ、こんなに草臥《くたび》れちまって。昔はもうちっとシャキッとしてたのに、すっかり、しみったれの街とお似合いになっちまったなぁ。

そいつ《おれ》は、よれよれのジャケットのポケットから、くしゃくしゃの煙草《モク》を出して一服つけると、苦《にが》そうな面で煙を吐いた。こんなもん、たいして美味《うま》いもんじゃないからな。ただの口寂しさとカッコつけ。本当は去年、やめていたはずなんだ。健康と節約のために。

街のほうは変わらないな。空が群青色に沈んで重たくなると、あちこちでぱちぱちと瞬《まばた》きしながら目覚めだす電光掲示板《ネオン》。木偶《でく》の坊の巨人のように、くすんだ肌色の雑居ビル。ガムと痰《たん》とカラスの糞で斑《まだら》になったションベン臭い路。

このすれっからしな不夜城《ふやじょう》を根城にする人間も、如何《いか》にもってやつばかりだ。俺たちは一括《ひとくく》りに居酒屋《のみや》、風俗店《みずや》と呼んでいるが、細分化するなら性風俗にカラオケボックス、ホストクラブにぼったくりキャバクラ、そこから送りこまれた忠実な黒服《カラス》たち。俺よりもやる気のないティッシュ配りに、粉《こ》を吹くほど化粧のド派手な家出少女、大きなリュックを背負ったおのぼりさんに、マジでゲロする五秒前の酔っ払い。携帯電話《ケータイ》に魂を持ってかれてるゾンビウォーキングの若者たちの隙間で、ホームがレスの自由気ままに生きるおじさんが、拾ったスケベ雑誌を売っている。

この視界に映るすべての人と建物と光と闇が、新宿《ジュク》を構成する一部だ。そこに馴染《なじ》んじまったってことは、俺もとうとう、その一部になっちまったってことだろう。嬉しいわけないだろ。だって、この街はクサいんだ。まだまだいろいろ隠してますって臭《にお》いがぷんぷんする。金《ゼニ》と賭博《バクチ》、酒と女、薬《こな》とマリファナ《はっぱ》、反吐《ゲロ》と溝鼠《どぶねずみ》、刃《てつ》と火《ひ》薬、古い血と新鮮な血がぷんぷん臭っている。けばけばしくて毒々しい、下品で汚くて暴力的な、眩《まぶ》しいのに暗くてしょうがない、この自由で息苦しい街を、俺はどうにも好きにはなれないし、まあ、はっきりいっちゃうと大《だい》がつくほど嫌いなんだけれども、あれだね、悪ガキと一緒だよ、なぜだか、放っとけないいんだな。

――とまあ、そんなこと、ボオッと考えてたら、胸ポケの中で携帯電話《ケータイ》がヴンヴン震えだした。ったく、人がセンチになってるときに野暮だよなぁ。捜査一課《ウチ》の番号だから出ないわけにゃいかないけどもさ。

携帯灰皿に煙草《モク》を突っ込むと、歩きながら電話に出た。

「――あいよ。お、タマちゃんか、おつかれおつかれ――今？　いやぁ、例のコンビニの、証言《ゲン》揃えちゃおうとおもってさ。ほら、あの切腹じいさん、テンパっちゃって時間のところとかいろいろ曖昧だったでしょ……そうだよ、一人だよ。え？　あー、いーのいーの、だってそんな大勢でいってもアレでしょ、ちょろっと聴くだけなのに店にも迷惑かけちゃうし、君たちも忙しいんじゃないの――うん、そそ、ひと通り終わって今、帰るとこ。はいはい、で、なんかあったの？　……はぁ、書き込みね。それって例の殺害予告でしょ？　なるへそなるへそ、ほんじゃ内容は？　……あちゃー、稚拙だねぇ。それでなに、そいつも二十面相の後継者とか名乗っちゃってるの？　かぁぁぁ、稚拙、稚拙。うん、うん、そうだね、報告するまでもないね。だってそれ、まるでヤル気のない口だけ予告っしょ。大方、中高生の悪《いた》戯《ずら》の――そそ、目立ちたがりの困ったちゃんってところじゃないかね。ったく、こっちも暇じゃないっつーの……うん。あいあい、じゃ、いつもの感じで対処しといてくれる？　毎回、悪いねタマちゃん。今度一杯、オゴっからさ。え、わたし？　まあ、もうすぐ帰るけど、ちょっと〝下《した》〟に寄ってくから。うん、はいはーい」

胸ポケに携帯《ケータイ》を捻《ね》じ込むと、俺の目はまたコンビニの喫煙スペースを探していた。風が背中を追い越していく。街の臭いと埃を攫《さら》った風は、夜に聳《そび》える新宿警視庁の神殿めいたシルエットに向かっていた。

※

「やれやれだよ、加賀美《かがみ》ちゃん」

分厚いアクリル板越しに、グレーの受刑者服を着て、髪を短く刈った精悍《せいかん》な顔つきの男が、背筋をピンと伸ばして俺を見つめている。こんなまっすぐな視線《め》、普通はないよ。そっち側に座ってるやつには。

加賀美敬介《けいすけ》。

元刑事《なかま》だ。元部下で元上司でもある。なんて呼ぶべきかわからんが、後輩って呼ぶのが適当かもしれない。といっても、ヒヨッコ時代に少し面倒を見てたってくらいで、キャリア組だった加賀美は、すぐに俺の上司になるんだがね。

　おもえば先輩らしいことなんて、ほとんど教えてやれていない。いや、教えていたつもりだったが、仕事のやり方なんかよりも、加賀美にはもっと教えるべきことがあった。刑事《デカ》がいちばん、わかっていなきゃいけないことを、俺は伝えられなかった。その結果が、この現状《ザマ》だ。

「出たんですか?」

　被・留置者とはおもえないほど、芯のある、揺るがない声だった。

「また、二十面相が出たんですね」

「出たっていっていいのかね」俺は掻《か》きたくもない頭をがりがりと掻いた。「本気のヤツとお騒がせが、ごっちゃだよ。もう、今月で何人目かなんて数えるのが馬鹿らしくなってきちゃったな」

「《断罪》は……おこなわれていますか」

「……ああ。でもまあ、全体の三割、いや二割くらいかな。失敗したり、先に警察《われわれ》に押さえられちゃったり、いうだけいって放置の口だけ番長だったり、返り討ちで殺《や》られちゃったマヌケもいたな。どこかの親切な誰かさんが、標的《ターゲット》の情報《ネタ》を流してるんだな。二十面相たちは、そいつから入手してるんだ。釈放された当日、新しい住居《ヤサ》で待ち伏せされているケースがほとんどだよ。半分は遺族の仇討ち。半分は正義の味方さん。たまに、二十面相の名前を利用したクズ。まあ、殺《や》られちゃうのは、法律上は赦《ゆる》されても世間的には赦されないってやつらばかりだからね。世間様の態度は冷たいもんだよ。ネットなんてひどいもんだ。サイトに《断罪動画》があがっても、いいぞっ、どんどんやれってな感じで拍手喝采だもんな。厭《いや》な世の中になっちまったよ……」

加賀美は複雑な表情をしていた。正確には表情じゃなく、複雑な眼だ。

あの日以来、加賀美が感情を外《おもて》に出しているところを見たことがない。今も仮面みたいに凍りついた表情に、夜の海の水底《みなそこ》を覗《のぞ》いているような、どこまでも深くて昏《くら》い眼を俯《うつむ》かせている。自分が扇動者となってしまったことへの罪を悔いているのか、それとも、自分がやろうとしていたことを他の者が引き継いでくれていることへの安堵《あんど》なのか。正義感から生まれてきたような、まっすぐすぎる男だからこそ、どっちともとれるような眼だった。

「芋虫は、まだ生きていますか」

俺はうんざりし、溜め息を吐いた。

「またそれかい」

「すみません。でも、重要なことなんです。私には」

「ああ、生きてるよ、辛《かろ》うじて。なぁ、加賀美ちゃん、もうさ……あいつのことは忘れちゃったらどうだい。そんなことよりさ、ご飯、ちゃんと食べてる？　最近、痩せたんじゃないの？　あ、もしかして、シャバに出てからモテようとおもってダイエットしてるんでしょ」

「よかった」加賀美は胸を撫《な》で下ろした。「あの芋虫には、生きている意味がある。生かされる意味がある。今の私にとって唯一の生き甲斐なんです。くれぐれも、死なせないように、どうか、お願いします」

加賀美は深々と頭を下げた。この愚かな男は、留置場にぶち込まれる寸前まで、俺に隠れて一匹の芋虫を飼っていた。今みたいに俺のジョークもがちがちに凍りつく永久凍土みたいなこの状況の中、その芋虫の身を案ずる彼の心は、やはり完全に病みきってしまっている。眼を見ればわかる。かつて、強い意思を焚《た》きつけ、ただひたすら熱い焰《ほのお》を燃やすだけの単純な構造《しくみ》の器官だった眼光《まなざし》は、もう眼窩《そこ》には失われていた。芋虫のことを話し出した途端、彼の眼はさらに救いようもなく淀《よど》み、闇を凝《こご》らせたような二つの球の中には、あの日に熾《おこ》してしまった黒い獄炎が、今もなお、燃え盛っている。俺は、その暗く冷たい炎が、どれだけ加賀美の身も心も焼いて、どれだけどす黒い焦げ跡を蝕《むしば》んでいるのか、それがどんなに熱くて痛くて苦しいのか、わかっているつもりだ。いや、わかってやりたかった。

「わたしもさ、もう歳《とし》だよ、加賀美ちゃん」

「中村さんは、まだお若いですよ」

「いいや、こうして話してるとさ、あの頃のことが、ひどく遠く感じちゃうんだよ」

【中村、過ぎし日を追憶する】

「本日より捜査一課に配属となりました、加賀美敬介です！　よろしくお願いします！」

定規で線を引いたようにまっすぐな敬礼。信じることしか知らないような、まっすぐな瞳。揺るがない意思を表す、堅く引き締まった表情。久しぶりに見るタイプが来たぞと俺は楽しくなった。第一印象は、《冗談が通じなさそう》。だから、ついつい弄《いじ》りたくなってしまう、俺の悪い癖が出たんだ。

「いーよいーよ、そんなに硬くならなくって。警察《うち》は軍隊じゃないんだからさ。さ、座って座って。あ、君のデスクは、そこね」

「ここ……ですか」

足下の段ボール箱と床の上の座布団を呆然《ぼうぜん》と見下ろす加賀美には、やはり冗談が通じていなかった。「失礼します」と座ろうとするので、俺は慌てて止めた。

「お、おいおいおい、なにしてんの、だめだよ、こんなの本気にしちゃ」

「いや……しかし」上司の言葉は絶対ですから、といわんばかりのまっすぐな視線を返され、俺は猛省した。純粋で真面目なやつをからかうもんじゃないと。

「わたしは中村善志郎《ぜんしろう》、善《よ》い志《こころざし》、刑事に相応《ふさわ》しい名前でしょ。ま、よろしくね」

はい、よろしくお願いいたします、とガチガチの敬礼を再び披露しかけた時。

「警部、コロシです！」

飛び込んできた若い刑事のその一声で、急に場が慌ただしくなりだした。路肩に停車中のタクシーから、運転手の刺殺体が見つかった。現場は区役所通りの交差点。加賀美の表情に緊張が走り、強張《こわば》るのが見てとれた。

「初日から殺人事件《コロシ》とは、加賀美ちゃんも運がないなぁ」

「か、加賀美……ちゃん……わたしのことですか？」

「他に誰がいるんだい？」

「いや、その、はい、ですが」

「さ、わたしたちも行くよ。おいで、加賀美ちゃん」

「あ、あの、中村警部、その呼び方は――」

初々しかった。真っ直ぐだった。俺はこの時、おもいだしていたんだ。自分にもこんな可愛い時代《ころ》があったなって。この頃はもうすっかり擦《す》れちまっていたけど、加賀美のことを見ていたら少しだけ昔をおもいだして、熱かった頃の自分を取り戻してみたくなった。

一緒にいて、すぐにわかったことは、加賀美は馬鹿だってことだった。俺なんかよりもいい大学を出ているし、頭も決して悪くないんだが、加賀美は馬鹿だ。馬鹿真面目、馬鹿正直、馬鹿みたいに熱い。犯罪に苦しんでいる人を本気で救いたいと考え、絶対に救えると信じていた。誰もがそういう想いを抱いて警察という組織に入ってくるってわけじゃない。そういう熱さを持っていても、一年も経《た》たずに変わっちまう。現実は理想とは違うってことに気付いちまうんだ。けれども俺には確信があった。加賀美はきっと、ずっと馬鹿のままだと。

※

「二丁目の麻雀店『ひとり草《そう》』でコロシだ。行くよ、加賀美ちゃん」

「はい！」

しばらく俺たちは、熱血刑事《デカ》が主人公のドラマを演じているような、そんな刑事生活を送っていた。主人公はもちろん俺じゃない。加賀美だ。彼は熱く、拳《こぶし》を振り上げ、叫んで、いつも犯人を追って全力で走っていた。俺の役は駄目な先輩刑事ってところだ。犯人を追跡中、俺がヒィヒィいって音を上げている横を、まるで鬼みたいな顔で走りぬけていく加賀美は、本当に昔の刑事ドラマの主人公を地でいっていた。顔つきも見る見る刑事らしくなっていった。あいつは犯罪者をぜったいに赦さなかった。逃がさなかった。諦めなかった。自分の正義を信じていた。真っ直ぐ過ぎるあまり、不器用なところも多々あったが、そんな加賀美が俺は誇らしかった。

あれは強姦致死容疑で逃走中だった船戸寛治《ふなとかんじ》を加賀美が捕まえた、記念すべき初検挙の日だ。船戸を乗せたPC《パトカー》を見送った後、祝いに気前よく一杯奢《おご》ってやったんだ。自販機で。

暦の上ではもう冬で、冷たい季節風に吹かれて新宿《まち》は乾いていた。凩《こがらし》も、枯らす樹がなければビルや道路や往来する人たちを枯らすらしい。この日は異常な活気を誇示する電光掲示板の灯《ひ》もくすんで見え、いつもの毛羽立《けばだ》たしい新宿じゃなかった。ほんの僅《わず》かなあいだだけど居心地のよい場所になっていた。

「意外だね。加賀美ちゃんが甘党だったなんて」

自販機で好きなものを選ばせたら、迷わず『たっぷり小豆入りお汁粉』を選んだ加賀美を茶化すと、ふて腐れてくれたっていいのに、こいつは真顔で返すんだ。

「意外ですか？」

「加賀美ちゃん、いつも難しい顔してるからブラックとかのほうが絶対似合うし、端《はた》から見てもそのほうが刑事っぽくてカッコがいいでしょ」

「そういうもんですか……この時期にしか飲めないんで、つい……」

「もしかして季節限定って言葉に負けちゃう人？」

「はい。でも確かに、なんだか子供みたいですよね」

今さら恥ずかしくなったのか、両手でお汁粉の缶を包み隠す姿に、おもわずクスリと笑ってしまった。

「いいじゃないの、わたしだって、ほら、ココアだよ。ま、疲れてる身体《からだ》には甘いもんがいちばん沁《し》みるよね。いやぁ、それにしても今日は初検挙だね。お手柄だったよ」

「いえ、これも中村さんの日々のご指導のおかげです」

「相変わらず謙虚だねぇ。しかしまあ、もう、これで加賀美『ちゃん』は卒業かな」

「卒業？」

「そ。今日からはこう呼ぼう。加賀美くん」

「は……はい！　ありがとうございます！　今後も一層、努力を惜しまず――」定規を使って描いたような、まっすぐで直角な敬礼をしてみせた加賀美は、「失礼します」とポケットから震える携帯電話をとりだした。携帯《ケータイ》はヴイヴイと震えていた。

「おお、彼女さんから？」

「ち、違いますよ！　すみません、ちょっと――もしもし。おい、仕事中だぞ、あれほどかけてくるなって……え？　ああ、わかったわかった」

俺はこの時、刑事の顔から加賀美敬介の表情に変わる瞬間を見た気がした。

通話を切ると加賀美は刑事の顔に戻り、俺に謝罪した。

「妹です。今日は夕飯を作ってるから、絶対に早く帰ってこいと」

「へぇ、妹さんがいたんだ」

「今は二人で暮らしているんです。まったく、仕事中は出られないっていったのに……仕方のないやつです」

「でも出たよね」

「あ！　す、すみません。もしかしたら、何か緊急のことがあったんじゃないかと」

「ハハ、いいのいいの。尾行とか張り込みの最中じゃなけりゃ。どんどん兄妹愛を深めちゃってちょうだいよ。いやぁ、しかし、なるほどねぇ」

「――なんですか」

「加賀美くんの背後に見える女の影は妹さんだったか。じゃ、女子署員たちには朗報だな。加賀美くんはフリー、今が狙い目だぞって教えてあげないと」

「え、な、中村さん！　そういうのは勘弁してください」

※

おもえば、あのことが加賀美に変化をもたらすきっかけだったんだろう。

強姦致死容疑で逮捕した船戸寛治は、大量の飲酒による病的酩酊状態、心神喪失で責任能力はなしとみなされ、不起訴となった。簡単にいえば、酒に酔って正常な状態じゃなかったから罪には問いませんってことだ。こんな話、あの熱血漢な加賀美が受け入れられるはずがなかった。

「馬鹿な……裁判で心神喪失が認められる例は、ひじょうに稀《まれ》なはずです！」

「教科書には、そう書いてあるかもな。でもそれは裁判になればの話でね。起訴前の精神鑑定で心神喪失が疑われる場合、そもそも起訴もしないんだよ。裁判の勝ち負けは検事の出世に大いに影響するからさ、わざわざ負ける裁判はしたくないんだと」

「じゃあ……船戸は罪を償うことなく、釈放されるということですか」

「一応、措置入院にはなるけどね」

そんな言葉は、なんの慰めにもなっていなかった。措置入院なんて、早けりゃ数カ月で退院だ。人を殺したヤツが数カ月でシャバの生活に戻れるわけだ。反省や後悔をする時間も、聖書を読む時間も与えられない。結局、退院から一週間後、船戸は同じ過ちを繰り返す。

被害者の遺族やマスコミは「どうして人殺しを釈放したんだ」と警察《われわれ》を糾弾した。

やがてマスコミが騒がなくなり、上の圧力がかかったんだなとわかった。

加賀美は混乱しているようだった。あいつは、これが決して稀有なケースではないということを知らなかったんだ。

※

加賀美は勤勉な男だった。

船戸の一件から、毎日、遅くまで残って、書類やパソコンと睨《にら》み合っていた。

気づき始めたんだ。自分たちのしている仕事。そこに生じる矛盾に。

俺は、同じように資料と睨み合っていた数年前の自分と加賀美を、重ねて見ていた。

「一服も大切だよ」

カチカチとマウスを鳴かせている加賀美のデスクに缶コーヒーを置く。

「すみません。頂きます」

「ごめんね、お汁粉はなかったよ。で、なに調べてんのさ」

「犯罪者が不起訴になった事例を調べていたんです」

「はは、キリがないだろ」

「……思った以上に多いです。報道に載らない小さい事件も入れたら、確かにキリがありませんね。何より、罰せられるべき凶悪犯罪者が不起訴処分で釈放された数が、私の想像をはるかに上回っていました。そして、再犯率の高さも……」

「殺人事件に絞っても毎年起訴されるのは五割前後。人殺しの半数は野放しになってる現状だからね。日本もそれほど平和じゃなくなったってことさ」

「——警察は、私たちはなんのために、犯人を捕まえるんですか」

加賀美の瞳は理不尽な現実に怒りの炎を静かに燃え上がらせていた。怒りは無力な自分自身にも向けられ、我が身を焼いていた。その目は叫んでいた。なぜなんですか、中村さん。罪を犯した人間が裁かれないのは、なぜですか。人を殺した者が赦され、嗤《わら》いながら社会に復帰できるのは、なぜですか。被害に遭った者たちが生涯、心に傷を負ったまま、泣きながら生きていかなければならないのは、なぜですか。なぜですか、教えてください、中村さん。

「二十面相についても調べたのか」

「もちろんです。あれほど印象深い事件はありませんでしたからね」

怪人二十面相。一昨年、世間を騒がせた犯罪者の名だ。髑髏のマスクをかぶった、ふざけた身形《なり》のやつで、ネット上に繰り返し犯行声明の動画をあげていた。目的は「法が裁ききれない罪人を《断罪》する」こと。法律に守られる犯罪者を無能な警察に代わって、正義の名において公正な判断のもとで殺害しましょうってことだ。くだらない悪戯だと、はじめは見向きもされなかったが、実際に裁きを受ける犯罪者の《断罪動画》がネットにあがると、それまで馬鹿にしていた者、傍観していた者たちは怪人の動画や、その犯行目的を高く評価しだし、多くの賛同者が現れた。何より、コイツは尻尾を摑ませなかった。怪人が一人ならまだなんとかなったかもしれないが、第二、第三の二十面相が現れだし、勝手に《断罪》をしはじめたものだから、警察は見事に攪乱《かくらん》され、いい笑いもの。善良なる市民の皆様は「いいぞ、よくやった」と怪人を義賊のように囃し立てやがった。これが外連味《けれんみ》とカルト臭をぷんぷん出していたのなら、また違った評価と扱いを受けていたんだろうが、怪人は実に巧みだった。言葉を操り、一言一句に説得力を持たせ、明らかに罪となる自らの行為に整合性を示して見せた。

「印象深いねぇ。世間をさんざん騒がせた後、全国ネットで焼身自殺を公開することで自らを神格化させ、勝手に幕を下ろしやがった。あんときは、俺たち警察はさんざんないわれようだったよ」

「今も熱は冷めきっていませんね」

「まだあれから一年だからね。例のファンクラブのウェブサイトを覗くと、まだまだ危険なシンパがいるからヒヤヒヤしてるよ」

「『幻影城《げんえいじよう》』ですね。私も最近、よく見にいきます」

「とっくにハイテク課が消したはずの二十面相の犯行声明と《断罪》の動画が、どういうわけか、あのサイトで今も視聴できる。あれらの動画、とくにいちばん初めの二十面相の遺した動画は非常に危険だよ、加賀美くん。どの言葉を使い、どの表現を用い、どんな演出をすれば人心を掌握できるのか、正義という言葉を上手に利用しながら訴えている。相当、オツムのキレる奴が作ったんだな。よく計算されているよ」

「自分の正義に基づいて、悪を裁いていましたね」

「もしかしたら、二十面相も加賀美くんと同じ気持ちだったのかもしれないよ」

覚えている。この時、加賀美は意外だという顔をした。そりゃそうだ。相手は犯罪者。こっちは、それを捕まえるほうなんだからな。

「私と、同じ気持ち」

「気持ちだけなら別にいいんだ。ただ二十面相は、犯罪という形で、それを証明しようとして、それを実行した。世間じゃ義賊扱いもされていたけど、わたしは好きじゃないね。自分だけで悪と認定して裁くってのも傲慢だよ」

「そう……ですよね」

「正義って言葉は諸刃《もろは》の剣《つるぎ》だ。加賀美くんも気をつけろ。さ、もう今日はおしまいにしてさ、これ、つき合わない？」

猪口《ちょこ》をくいっと呷《あお》る手真似を見せると、加賀美はしばらくパソコンの画面を見つめていたが、「いきましょうか」と笑った。

※

あんなに酔った加賀美を見るのは初めてだった。

タクシーで自宅マンションの前まで送ったが、加賀美は三メートル先のマンションのエントランスにも辿《たど》りつけそうもないほどふらふらで、ついには道路に座り込んでしまった。仕方なく俺もタクシーを降りた。

「まったく、だからあんだけ、もうやめなっていったのに」

「すみません……今夜は飲みたい気持ちだったんで……うっ」

「どわあっ！　ここで吐かないでよ。で、何階だっけ？」

「六階です……あの中村さん――」

「あんまり喋《しゃべ》らなくていいよ、吐きそうだから。ほら、エレベーター来たよ、入って」

「私は……私は警察官になって、よかったんでしょうか」

俺に引きずられながら加賀美は、いつもは絶対に見せない、なんとも情けない表情で訊ねてきた。

「自分では、どうおもってる？　ほら、足引いて、閉まんないから」

「後悔はしていません……ですが、もどかしいんです。警察の力に限界を感じ、最近は」

「イライラしてるんだろ。もうそのくだり、今日は三十回ぐらい聞いたよ。そんなのはな、加賀美くんを見てればわかるよ。ほら、六階に着いたよ」

よほど、溜《こ》まっていたんだな。警察の仕事で扱われる正義と、自分の理想とする正義では、意味も目的も違うってことに、気づいたんだ。気づいたけれど、受け入れたくないという感情が、加賀美を悩ませていた。俺は、そこそこ悩んだところで割り切ることができたけど、彼は長患いになりそうだった。

「いいんだよ。警官だって人間なの。いろんな人間がいるんだから、加賀美くんのような人間でも、わたしみたいな駄目人間でも、人様の役には立てるんだから。がんばろうよ、ね」

「中村さんは駄目人間なんかじゃありません！」

「うわ、ちょっと、声が大きいって」

「中村さんは私が尊敬する先輩です！　けっして駄目人間などではありません！　中村さんは駄目人間などでは――」

「わかったからっ、近所迷惑だから、ねっ、静かにしないと通報されちゃうよ、つーか、自分の足で歩きなさいって、割と重いんだから加賀美くんは。わたし、最近腰やっちゃってんだから」

　突き当たりの部屋のドアが勢いよく開いて、若い女の人が飛び出してきた。

「あちゃあ、ほら、いわんこっちゃない――どうもー、夜分遅くにすみませーん」

　女の人は、ぱたぱたと近づいてきて、加賀美のことを覗きこんだ。

「お兄ちゃん？」

断章――時子の声

聞き覚えのある声がするとおもったら、兄が職場の人を連れて――ううん、引きずられるようにして帰ってきた。珍しくべろべろに酔っぱらった兄を連れ帰ってきてくれたのは、よく兄の話に出てくる中村さんだった。

「あー、妹さんでしたか、いつも加賀美くんにはお世話になってます。あ、お構いなく」

お茶を出しただけで、中村さん、恐縮してる。兄が話す中村さんとはずいぶんとイメージが違っていて、とっても優しそうで、ほんわかしてて、初対面なのに癒される感じの人。兄ったら、まるで「ぼくらのヒーロー」みたいな風にいうものだから、筋骨隆々のマッチョさんだとおもってた。それとも別の中村さんなのかしら。

「お会いしたかったんです。兄はよく、中村さんのことを話すんで」

「え、悪口ですか？」

「とんでもない。あの人はすごいんだ、カッコいい、ずっと二人でやっていきたい。もう恋人みたいにいうもんだから、あれ、中村さんってもしかして女の人？　っておもったり」

中村さん、急に居心地が悪くなったような顔で「そ、そうですか」って頭を掻いてる。これ、照れてるんだ、きっと。

「時子《ときこ》さんのことも、加賀美くんからうかがってますよ」

「え、ちょっと聞くのが怖いんですけど」

「ふふふ、加賀美くんって、ちょっと堅物《かたぶつ》でしょ。ほとんど笑わないし、たまに怖い顔してるときもあるし。わたし、第一印象で『この人、シャレ通じなさそうだなぁ』なんておもってたんですが、時子さんの話をする時は、表情がね、こう、優しくなるわけですよ。だから、素敵な妹さんなんだろうなとおもっていましたけど、こうして実際にお会いしたら、やっぱり素敵な妹さんでした」

「なんだか仕返しされた感じです」

「うっふふ、あ、堅物とかシャレが通じないとか、ここだけの話にしといてくださいよ。怒られちゃいますからね」

よかった。警察官になって、兄は気難しい表情をしていることが増えたから、ほんとうに大変な仕事なんだなって心配してたんだけど、中村さんみたいな人が傍《そば》にいてくれるなら安心。

兄はベッドで「うんうん」唸《うな》って寝返りを打ってる。朝起きたら、すごく落ち込みそう。尊敬している先輩に迷惑をかけたうえに、自分は大いびきをかいて寝ていたなんて知ったら、朝一番で二日酔いよりも自己嫌悪でぐったりだろうな。

「アパレル系デザインの勉強をされてるんですよね。コンテストが近くあるとか」

「え、兄ったら、そんなことまで話してるんですか？」

「いつも話してますよ。『私はセンスがないんで、服は全部、妹に選んでもらってるんです』っていってたなぁ。入りたての頃なんて、就職祝いにもらったネクタイを何度も自慢されましたからね。お、これが作品ですか、ほおほお」

中村さんの眠たそうな目が私の未完成の作品を見つけた。フリルとファスナーが遺伝子構造みたいな螺旋模様を描くシフォンワンピース。デザインは気にいってるんだけど、縫いが硬くなって生地が突っ張って、着るものとしては不合格。コンテストの締め切りまではもう日がないから、新デザインを考えるより、これを完成させようとおもってる。

「いいじゃないですか。これならコンテストもバッチリでしょ」

「まだまだなんですよ。ここからもっと改良が必要で。あ、お茶漬けでも食べませんか」

「お茶漬け？」

「たまに飲んで帰ると、兄はうちのお茶漬けでしめるんです。シャケフレークと蕪《かぶ》の漬物を刻んだものを入れるんですよ」

「そりゃ美味そうですなぁ。いや、実は小腹が空いちゃって。よろこんで御馳走になります」

なんだか、嬉しいな。兄は仕事が忙しそうで、家に帰ってくるのも遅くて、一緒に晩ご飯を食べられることも減っちゃったし、ちょっと遠くなっちゃったみたいに感じてたけど、そんなこと、ぜんぜんなかった。兄はいつも、傍で見ていてくれてるんだ。それに——。

ううー、やっぱり中村さん、癒される。お茶漬け、はふはふしながら食べてる。最近、兄は帰ってきても深刻な表情で書類を読んでいたり、話しかけても上の空のときもあったりで、一時なんて、職場でイジメられてるんじゃないかしらって心配してたこともあったけど、ぜんぜんそんなことなかったみたいね。えっ、うそっ、中村さん、ご飯食べながら……寝ちゃってる？　えー、赤ちゃんみたーい！　はぁ、ちょっとは兄も、この癒しを学んだほうがいいわね……。

【中村、さらに過ぎし日を追憶する】

須永仲治《すながなかじ》（四十五）は、見た目も醜悪な男だった。

薄い髪は海藻みたいに脂《あぶら》ぎって肌にべったりと貼りつき、額は異様に突出《つきだ》し、爬虫類のような黒目勝《くろめがち》の双眸《め》は感情がまるで読めず、にたにたと粘《ねば》つくように嗤《わら》う。

被害者となってしまった当時十八歳のフリーターの女性は、その日に封切りのアクション映画を観に一人で街へ出たことで運命が急変してしまった。彼女は映画館の女子トイレ内で頸部を切り開かれた状態で死亡しているのを発見された。頸部の傷に付着している唾液や、肌を吸引した際にできる内出血の跡があったことから、裂傷部から直接、血液を吸われていることが判《わか》った。監視カメラの映像から、犯行は須永によるものだと特定できた。ヤツは犯行当時、監視カメラの存在に気づいており、殺害後、被害者の血を飲んだばかりの真っ赤な口を開け、蛇のような裂けた舌《スプリット・タン》をチラつかせ、まるで警察《われわれ》を挑発するようにカメラに向かってアピールをしていた。警察《おれたち》は須永を『毒蛇』と呼んで、ヤツの家《ヤサ》や、通いつめているという風俗店を張り込んだ。

「蛇の野郎は現れませんね。少し現場近くで情報《ネタ》、あたってみますか？　加賀美警視」

「そうしましょう。ところで中村さん、その……敬語はよしてくれませんか」

「なにをいうんです。今はあなたのほうが上司《うえ》なんです。上下関係を曖昧にしたら、組織というものは立ち行かなくなります。上の立場であることになれてください」

月日が過ぎ、青臭かった加賀美は、俺の上司になっていた。加賀美は人一倍努力し、人一倍悩んだ。だから、キャリア云々ではなく、与えられて当然の立場だった。彼は上の立場になったからといって、手や気を抜くようなことはなかった。常に全力で、熱く、馬鹿がつくほど真っ直ぐで、いつも犯人を追いかけるために走って、俺を追い抜いていった。

須永を検挙したのも加賀美だった。大胆にもヤツは犯行現場となった映画館の付近で、次の獲物を物色していた。いつものような逃走劇もなく、あっさりとお縄になったので、俺はてっきり須永は観念したもんだとおもっていた。

醜悪な須永《どくへび》は裂けた舌をチラチラ覗かせながら、ヤツを押さえつける加賀美に毒《ことば》を吐きかけた。

「なあ、若い刑事さん、おれぁ精神科に通院してたことがあんだよ」

「──それがどうした」

「だめですよ、加賀美警視、そんなやつの話を聞いちゃだめだ」

「ほらあれだ、心神喪失ってやつで、おれぁ、無罪になるんじゃねぇか？　へへ」

「なんだと……貴様ァ……だから、あんなに堂々と……警察を舐《な》めるな！」

「加賀美警視、加賀美さん、どうか落ち着いて」

「へへ、おれぁ、知ってんだ、この国ってよぉ、おれたちみたいにイカれちまった奴にゃあ、優しいんだ。同情してくれんだよ。そういうことなら、人を殺しても仕方がないってな、へへ」

「ふざけるな……貴様には絶対に罪を償わせる！」

「へへ、血気盛んだなぁ。でも無理じゃねぇかなぁ、へへ、教えてやるよ若い刑事さん、人の命ってのはさぁ、安いもんなんだぜぇ。だからさ、スケの一匹や二匹、首をかっ捌《さば》いたからって、そんなに怒んねぇでくれよ、な？　仲良くやろうぜ」

「須永ァァァ！」

俺は加賀美の手を摑《つか》んだ。その手が帯革《ホルダー》から銃を抜かんとしていたからだ。

「やめな、加賀美」

「しかし、こいつは罪を償う気がない。反省もしない。なら、私がここで――」

「どうすんだ！　こんなクズのために手ぇ汚して……」

「でも、でもこいつは……こいつは……」

「撃つのは簡単です。でもね、撃っちまったら、それで終《しま》いなんですよ。わたしたちのコンビも解散です。そんなの、わたしは厭ですよ。だってそんなのは、つまらないじゃないですか」

加賀美は眼を閉じ、呼吸を鎮めると「すみません」と呟《つぶや》いて、ゆっくりと銃から手を離してくれた。須永の虫唾《むしず》が走るような嗤いが、湿気《しけ》った路地裏に響き渡った。

※

「そんじゃ、失礼します」

検視室を出た俺は、重い足取りで捜査一課へ向かっていた。

何度来ても、慣れるような場所じゃない。最近は死体《ホトケさん》の発見ラッシュで、いつ訪れても解剖台の上に白いシートがこんもりしている。室内は薬品の強い臭いと、抑えこみきれない死臭で、マスクをつけていても眩暈《めまい》がする。

南《みなみ》検視官は署内でいちばんの変人だ。この日に会ってきたのも、先週末、大通り公園に放置されていた変死体の検視報告資料を受け取りにいくついでに、須永の被害者の報告書について二三、訊《き》きたいことがあったんだが、彼女はとにかく早口だし、表現がエグいし、ヒステリックで気性は荒いし、毎日、あんな薬品や死体の臭いを吸い続けているからか、たまに異次元語かっておもうような意味不明なことをいいだすし、まあ、何がいいたいかというと、俺の苦手なタイプなんだ。それでも検視官としての能力は高いんで信頼できる人物ではあるんだが、この人の渡す報告資料は、金をもらっても、あまり見たくない。この日に預かったBLD《ブルーレイ》も、南検視官が気味の悪い人形を使って、実演販売のように検視報告をするという、なんともクレイジーな映像が入った報告資料なんだ。

「ちょいと待ってくださいな」

甲高い呼びかけの声に、俺は肝を冷やした。検視室のドアから鋭い牙を剥きだした女性がひょっこり顔だけを出している。これが南検視官だ。牙は当然、本物ではなく、彼女のマスクに描かれているイラストだ。この人はこんなものを着けて仕事をしている。そんな相手に心の声を読まれたのかとヒヤリとした俺は、「なにか？」と強張った笑顔を返した。

「近いうち、明智君に会います？」

「ああ、はい。明日あたり、彼の事務所に行きますけど。二十面相関連の検視報告資料も渡しとかなきゃならんので。なにかあります？」

「小林君によろしくいっておいてくださいな」

「小林君って……へ？　お知り合いなんです？」

警察がちょくちょく協力を要請する、宮内庁公認の高校生探偵、明智小五郎《あけちこごろう》。上司でも友人でも年上でもないのに俺を「中村」と呼び捨てにするし、性格も、どうにも付き合いづらいタイプなんであまり好きじゃないんだが、迷宮入りしそうな案件と二十面相事件の捜査資料は、すべて彼のところへいくようになっている。その彼の事務所に入り浸っている中学生が小林君だ。

「私の検視報告資料《さくひん》のファンだって聞いたんで、嬉しくって、この前一緒にお茶しちゃいましたわ」

「えー！　いつの間にそんな関係を築いてたんですか？　普通ないですよ、検視官と中学生男子のカップリングなんて。まあ、中二病っぽい人にもてそうですからねぇ、南さんは。っていうか、まさか過去の報告資料とか見せてあげたりしてないでしょうね」

「うっ……おほほほ、モチのロン」

こりゃ完全に見せてるな。小林君が猟奇殺人犯になったら、絶対、南検視官に責任を追及しなくてはな。密《ひそ》かに俺は心に誓っていたのだ。

※

捜査一課へ戻ると、いつものように加賀美は難しい顔でパソコンとにらめっこをしていた。どっちも笑わない、永遠に続きかねない、つまらんにらめっこだ。

「報告書、もらってきましたよー」

「ごくろうさまです」

「ほんと、南検視官《あのひと》と話してると疲れますわ」

加賀美は硬い笑みを無理やり顔に貼っつけ、俺から報告資料を受け取った。手の肌の蒼白さから、彼があまり眠っていないんだとおもった。顔つきも暗くて重たいものを纏《まと》っている。

「その様子だと、もう聞いちゃいましたよね」

「――わかっていたことですが、やはり、納得がいかないものですね」

この日、須永の不起訴処分が決まった。

理由は、あの時、須永がいったことと、ほぼ同じだ。

「この仕事をしていて納得いったことなんて、わたしはほとんどないですよ。須永は措置入院となるようですね。もう、お決まりのパターンって感じですな」

「中村さん」

「なんでしょ」

明らかに加賀美は疲れていた。肉体的なことじゃなく、心の疲れだ。クソ真面目なやつってのは、こういう表情になりやすいもんなんだ。鈍感を装う器用さもないからな。

「中村さんは私より、もっと多くの理不尽を見てきたはずです。どうして……平気でいられたんですか」

「平気なもんですか。こう見えて、わたしもあったんですよ、熱血時代が。理不尽、矛盾に腹を立て、走り回って、真っすぐ前しか見られなかった頃がね。でも、疲れちゃいましてね」

「——疲れる。無力感ですか」

「まあ、いろいろですよ。で、わかったわけです。自分がどんなに頑張っても、必死に走っても、叫んでも、変えることのできないことは、変えることができない」

変えることのできないことは、変えることができない——加賀美は俺の言葉を復唱した。

「その後は、どういう考えに至ったんですか」

「どうってことでもないんですが、まあ、こう、おもうようにしたんです。不起訴や無罪になる可能性があっても、逮捕した方が、しないよりかは犯罪を減らせる。根絶は無理でも、なにもしないよりかはいいってね」

デスクの上で組んだ両手の親指を見つめ、消え入りそうな声で加賀美はいった。

「私は……そこまで割り切ることは、難しそうです」

「頑固っすね」

きっと、もうこの頃から、加賀美——お前は自分の中に闇が宿っているのを知《わか》っていたんだろうな。

※

そして、某月某日《あのひ》——ＰＭ七時。

捜査一課のデスクで加賀美はいそいそと帰り支度をしていた。

「お、珍しい。今日は、お早い店じまいですな」

「ええ、ケーキを買って帰らないといけないんで、店の開いている時間に。すみません、今日はお先に失礼します」

「あらら？　もしかして」

「――はい、時子がコンテストで、銀賞を」

いつもは尻っぺたを引っ叩《ぱた》いたって、俺より早くは職場の椅子から腰を上げないようなやつだから、なんとなく察《わか》ったんだ。いいことがあったんだってな。こういうときは、一緒に目一杯、喜んでやるに限る。俺だって嬉しかったんだよ。

「そうですかぁ。やりましたなぁ」

「はい、やりました、やりました。ありがとうございます」

誕生日の子供みたいに、喜びを隠せないといった様子だった。

「いやぁ、めでたい。それじゃわたしも今度、お祝いさせてください」

「あの、今夜、この後、よろしければ。時子も中村さんがいらっしゃったら喜びます」

「いやいや、今日は兄妹水入らずでお祝いしてください。改めて、お祝いにうかがいますよ」

「お心遣いありがとうございます。ケーキ屋のある通りが、先週のコンビニ放火の現場と近いんで、少し地取《じど》りしてから帰ります」

「今日はほどほどにして、なるべく早く帰ってあげてくださいよ」

そういって見送った俺は、いつもは加賀美が残業でやっている、山と積まれた資料の整理を、彼に代わってヒイコラいいながらやっていた。凶報ってやつは意地が悪いことに、幸せなときを狙ってやって来る。この夜は、捜査一課にかかってきた一本の電話が、凶報《そいつ》を運んできた。

「中村警部」電話に出た若い刑事に呼ばれた。「加賀美警視は今どちらに」

「今日は帰ったよ。どうした」

「須永が病院から脱走しました」

※

『もしもし、加賀美です。どうしました？』

「中村です、今、妹さんとは御一緒ですか」

『いえ、まだ地取《じど》りの最中で——』

「すぐに帰ってあげてください！　すぐに！」

『どういうことですか？』

「走ってください！　早く！　走りながら聞いてください。入院していた須永が脱走しました。病院の職員を一人、殺害して」

『なんですって』

「その後、須永から脅迫メールが警察に届いたんです。今から加賀美敬介の家族を殺す、と」

『……あ、え』

「すぐ妹さんに電話を！」

ブツリと通話が切れた。俺はPC《パトカー》の車窓から、あの醜悪な毒蛇を探していた。須永の入っていた病院から加賀美のマンションまでのルートを走らせているが、人通りや車通りが多過ぎる。脱走者が堂々と公道を歩いているわけがないのだが、須永に関してはわからなかった。数カ月待てば退院して社会復帰できる人間が、わざわざこんな馬鹿な真似をするんだ。そういう常識に当て嵌《は》められないヤツが、異常な犯罪をする。タクシーや盗難車両を使って移動している可能性も考えたが、須永ならじめついた陰路《いんろ》を這《は》いずり回っているほうがお似合いだ。加賀美のマンションの場所を知っているとはおもえないが、今は個人情報なんて誰でも簡単に掘りだせる。最悪な結果だけは起きないことを願っていた。

※

ＰＭ十時六分——渋谷井ノ頭通り沿いＳビル。

行方のわからなくなっていた加賀美時子（二十）が発見された。

彼女は四肢を切断され、両目を抉《えぐ》り取られた状態で、ビルの屋上からロープで吊り下げられていた。

※

ＰＭ十時二十二分。

妹と、妹を連れ去った須永を探すために街を奔走していた加賀美を、俺は本庁の正面玄関で迎えた。加賀美は手にケーキの入った袋を提げていた。


これまで、多くの被害者の遺族にそうしてきたように、できる限り感情を表には出さず、伝えるべきことを伝えた。

「妹さんが発見されました——しかし、損傷が激しく……」

「それは、時子、でしたか」

「わたしが確認しました。着ていました……コンテストの……あの服を……くそぉ！」

感情を抑えるなんて無理だ。俺は見てきたんだ。あの兄妹を。まだ加賀美が「加賀美ちゃん」の頃、妹からもらったネクタイを俺に見せびらかす、あのだらしない幸せ顔を。夕飯を作ったから早く帰ってこいと電話が来たときの、あの困ったような顔を。酔っぱらって寝ている兄に毛布を掛けてやる妹の横顔を。妹がコンテストで銀賞をとったことを、我が事のように喜びを隠せなかった、数時間前の顔を。

色褪せ、霞み、このまま消え失せてしまいそうな加賀美は、深く頭を下げた。

「妹を見つけていただき、ありがとうございます」

「……須永は現在も逃走中です……草の根を掻き分けてでも探します」

加賀美は頭を下げたまま、沈黙していた。その肩に手を置き、「早まった真似はしないでください」と伝え、待機させていたPC《パトカー》に乗り込んだ。PC《パトカー》が署を出るまで、加賀美は頭を下げたまま動かなかった。

※

その後、ウェブサイト『幻影城』に犯行予告動画が立て続けに投稿された。

画面両隅、カメラに程《ほど》近い位置で、ぼやけた裸火《はだかび》が揺れている。火の明かりを受け、その揺れに合わせ、紫色に滲《にじ》んで震える暗幕を背に、髑髏マスクをかぶった黒衣の人物が佇《たたず》む。そいつの影は暗幕の上で陽炎《かげろう》みたいに揺れ、微動だにしない本体よりかは元気なようだ。髑髏は沈黙したまま、火の爆《は》ぜる音だけが十数秒間続く。影に彫り刻まれた髑髏は、歯列を剝き出して笑っているように見える。正月だってこんな退屈な映像は流さない。やがて、落ち着いた所作で懐から一枚の写真を抜き出し、カメラに近づける。パチンコ店の駐輪場で自転車を出そうとしている四十代男の写真。人のよさそうな、太い八の字眉毛が特徴的な顔。

変声機で重たくされた声が告げる。

「大江新市《おおえしんいち》。この男は板橋区の接骨医院院長に暴行を働き、死亡させた。大江は被害者の医院で働いていた。よく被害者宅に招かれ、酒を酌み交わすほどの親しい仲でもあった。この不幸な事件は、飲酒中の口論が原因で起きてしまう。その場に同席していた知人男性と被害者から酒を強引にすすめられた大江は断れずに飲み続け、結果、極度の酩酊状態に陥り、その後、被害者と口論となる。やがて、口論は殴り合いへと発展し、知人男性が止めるのも聞かず、大江は被害者に殴る蹴るの暴行を続けた。被害者がぐったりと動かなくなり、呼吸をしていないことに気がついた知人男性が通報。その後、死亡が確認された。大江は事件当時の記憶がなく、口論をしたことも、暴行を加えたことも覚えていないと主張。大江に無理に酒を飲ませた被害者と知人男性にも責任があるだろうということになり、大江に殺意はなく、事故に近い事件であったと判断され、大きな罪には問われず、昨年、社会復帰を果たしている。

しかし、大江には明らかな殺意があったことが後にわかる。被害者の娘（当時二十五歳）は、事件の四日前に大江が被害者と口論をしている光景を偶然に見ている。その時の大江の言動には被害者へ向けられた明らかな殺意を感じたといい――」

これほど綿密に事件の詳細を語る二十面相がいただろうか。いいや、初めてだ。明らかに他の二十面相とは一線を画する本気を感じた。

「今から十二時間以内に大江新市への《断罪》を執行する。法が裁かなくとも、私がこの手で必ず裁く」

その予告通り、『幻影城』内の会員制掲示板《赤い部屋》に《断罪》の動画がアップされた。大江はコンテナのような場所の中で縛られた状態で寝転がされ、鼻を摘《つま》まれて無理やり酒を飲まされる。一升瓶二本を、ほぼ休みなく流しこまれ、白目を剝いて失神しそうなところに頭から水をぶっかけられる。大江は目が覚めると再び口中に酒を流しこまれ、今度は白い泡の吐瀉物を吐きながら、ぴくんぴくんと痙攣《けいれん》を始める。これを何度も繰り返され、大江は終《つい》に動かなくなる。

「《断罪》は正義の名のもとに執行された。被害者の遺族に、安らかなる時間が戻らんことを」

こうした《断罪動画》が立て続けにあがっていった。暴行致死、放火殺人、通り魔殺人、強姦殺人未遂――赦されざる罪を赦され、無罪・不起訴となって釈放された罪人たちは、《赤い部屋》で地獄の責苦《せめく》を味わうこととなる。性器を切り取られた。溶接された鉄の箱の中に折り畳まれた状態で詰め込まれた。石膏の中に生きたまま沈められた。水槽の底に鎖で足を繋《つな》がれた。生きたまま皮を剝がれた。自身の内臓で首を絞められた。どの罪人も、自身の犯した罪に準《なぞら》えて、殺害されていた。

《断罪》後、血濡れの髑髏は、必ず、こう告げる。

「私は二十面相。償《つぐな》いを知らぬ罪人《つみびと》は、この名に怯《おび》えるがいい」

※

まったく。なにが、怪人二十面相だよ。

馬鹿野郎。大馬鹿野郎だ。ばればれなんだよ、まったく。ずっとコンビでやってきたんだ。その髑髏の下に、血の涙を流しているお前の表情《かお》があることくらい、わかるんだよ。

なあ、加賀美。

ほんとに下手くそだよな、お前は。あの宮付きの探偵は、とっくにお前だって気づいているぞ。そりゃそうだ。このタイミングで現れる二十面相なんて、お前しかいない。もっとさ、こう、できなかったのかよ。警察《うちら》にばれないように、もっとうまく、やれなかったのかよ。できなかったんだろうな。お前みたいに真っ直ぐな大馬鹿野郎には、これでも頑張ったほうなんだろうけど。

なあ、どうしてなんだよ、加賀美。どうしてお前はいつも——。

「俺を追い抜いて、突っ走っていっちまうんだ」

【加賀美、芋虫を飼う】

中村さん。済みませんでした。

お聞き苦しい弁明《いいわけ》となって仕舞《しま》いますが、是《これ》は仕方のなきことなのです。私には自分を抑制《と》めることが出来なかった。其《そ》の術《すべ》を知らなかったのです。此《こ》のような結果を招いた要因は、私の未熟さにあります。抑えねばならぬ感情を自制することもできぬ、刑事になどなる資格のない、愚かな男だったというわけです。

是《これ》より先は、どうか、私に告白させてください。

私は加賀美敬介。元刑事であり、元兄《あに》であり、今は其《そ》の何方《どちら》でもない、極刑を受けるに値《あたい》する罪を犯した、大罪人です。

私の詰まらぬ告白の前に先《ま》ず、この話を聞いている皆様方に問わせていただきたい。

正義とは、なんなのです。法とは、なんのために在るのですか。

其《そ》の二つは、誰のために在るものですか。真《ほんとう》に正しいものなのですか。

赦されること、赦されざること、此の二つの違いは、いったいなんなのですか。

いえ、お答え頂く必要はありません。所詮は犯罪者の妄言《たわごと》。耳にする価値のなき言葉。

抑々《そもそも》、此の質疑への回答に責任を持てる人間が、果たして我が国には一人でもいるのでしょうか。


彼《あ》の日。妹の時子を喪った日です。

私が是《これ》までの人生で耳にした「正義」という語《ことば》は、案の定《やはり》、大袈裟《おおげさ》で恰好《かっこ》つけ、薄っぺらな詐欺師の道具であり、特に意味などないことを悟りきったのです。

私は加賀美敬介の名を面皮《つらのかわ》と共に剝ぎ取り、《断罪》の髑髏を被《かず》く、怪人二十面相を名乗りました。

然《そ》して、罪を犯しながら何らかの理由《わけ》があって、其の罪を裁かれなかった罪人を監視しました。自分の犯した罪を悔い、心を改める者は赦そう。然《そ》う、心に決めておりました。然《しか》し、多くの者は、此《こ》のような思いでいることを知ったのです。

『人を殺すことなど簡単《ちょろい》なものだ。酔漢《よっぱらい》、未丁年《みせいねん》、精神疾患者《メンタル・ペイシエント》であれば、人を殺しても死刑にまではならない。事によっては無罪《つみをないこと》にしてくれる。自分は人を殺しても罪を問われない、特別な人間なのだ』

彼らは、再び罪を犯します。なぜなら、一度、赦される味を知ってしまったから。この社会の罰則が自分には適用されないことを知《わか》ってしまったからです。彼らは達者《したたかもの》です。嘘と演技が巧いのです。上手に毀《こわ》れて見せます。守られる術《すべ》を知り尽くしています。都合次第では、被害者のほうが罪人であるような言葉を吐きます。殺しておいて自身の正当性を訴えることもあるのです。

ですから、必要なのです。罪人には厳しい裁きが。公平で邪曲《じやきよく》のない《断罪》が。執行人が。

私は出来得る限り残酷に、無慈悲に、躊躇《ちゆうちよ》なく《断罪》していきました。其《そ》のことに関しては、今も後悔や反省の弁はありません。遣《や》るべきことを遣った。裁きを受けるべき者に相応しい刑を執行した。然《そ》う、強く信じております。

私は罪人の犯した罪の内容に合わせた《断罪》を執行していきました。たとえば――。

幼い少女を殺害し、其の遺体の一部を食べた大学生の男は、目の前で己の内臓がソテーされていく様を見せ、その料理を以《もつ》て、男の最後の晩餐としました。内臓は摘出の順番を考え、上手に切除箇所の処置さえできていれば、少しくらい失ったところで命を脅かすことはありません。料理が出てくる毎に男は意識を朦朧《もうろう》とさせ、その目は白く濁って虚《うつ》ろなものになっていきました。

精神科に通院していたと自慢げに語るナイフ蒐集家《コレクター》の通り魔殺人犯は、拘束すると有無を言わさず、あっという間に開腹し、邪魔臭い内臓を押し遣って、犯行に使用された自慢のナイフ《コレクション》を腹中に入る丈《だ》け詰め込みますと、縫合しました。歩くたびに腹中からがちゃがちゃと音がし、重要な内臓を傷つけるので、四時間ほどしか生かすことができませんでした。

同級生の少女を苛《いじ》め抜き、強制的に窃盗や売春をさせ、其の稼ぎを献上させたうえに親の財布からも金を引っぱり出すように命じ、飽きてくると面白半分に遺書を書かせて自殺へと追い込んだ女子高生は、特に《断罪》の内容に拘《こだわ》ったものです。被害少女がせっせと売春で稼いだ金でエステに通っていた彼女は、美容には大変気遣っていたようなので、其の大切な顔を薬品で万遍なく焼き溶かしました。すると、ショック反応が出て死亡しましたので、遺体の顔を公衆便所の便器の中に突っ込んだ状態で放置いたしました。

斯《こ》うした《断罪》の様子は動画で撮影後、『幻影城』の会員制匿名掲示板《赤い部屋》に投稿しました。私の《断罪動画》が、グロテスク嗜好者《マニア》の欲求を満たす道具や、怖いもの見たさの玩具に使われるのは不本意ではありましたが、是《これ》が少しでも犯罪の抑止力となればとおもって実行した次第です。

其れでは、芋虫について、語りましょう。

※

時子を失った、其の一週間後の正午《ひる》過ぎのことです。然《さ》る筋《すじ》からの情報《ネタ》を辿り、大手町《おおてまち》の公園でホームレスに混じって談笑している須永を見つけました。

此の時の私は冷静でした。感情に衝き動かされることもなく、静かに夜を待ち、公園を出た須永の五メートル後ろを尾行し、辿りついた宿街《ドヤがい》の簡易宿泊施設の前で、電圧を致死一歩手前にまで上げたスタンガンを背後から頸《くび》に当てて気絶させました。須永は失禁しました。近くの駐車場まで引き摺ると、朝まで出番のなさそうな仕出し弁当屋のワゴンがありましたので、其の陰に隠し、レンタカーを借りて戻ってくると須永をトランクルームに入れて私の自宅のあるマンションへと向かいました。然《そ》して、マンションの傍の駐車場に車を停め、いったん自宅に帰ってボストンバッグを持ちだし、其の中に須永を移すと、屋外設置の非常階段で自室のある階へと移動しました。この時に非常階段を使ったのはエレベーターで住人に遭うのを避けたかったからです。気絶させていたとはいえ、すでに二時間ほど経過しておりましたので、いつ須永が目覚めてもおかしくありません。興奮状態の奴が其処に居合わせた人を人質に取り、危害を加え、逃走の道具に利用する可能性がないわけではないのです。

斯様に慎重な行動を選んでいたわけでありますが、私の犯行が映っているであろう駐車場と非常階段の防犯カメラについては一切、気にしませんでした。映像の回収は可能です。本来は書類手続きが必要になるものですが、警察の名を出し、逃走中の犯人が映っているかもしれないからと理由をつければ何とでもなりますし、住人も私が事件の被害遺族であることを知っており、警察の人間であることもわかっています。適当な理由を故事付《こじつ》けて早急に確認する必要があることを伝え、映像を受け取って処分することは簡単でしょう。ですが、其れはしませんでした。なぜなら、私のしていることは《断罪》であり、後ろめたいことなどは一切なかったからです。

※

「貴様に会いたかった」

須永が目覚めてから、私が伝えた最初の言葉です。

返事はありません。奴の穿いていた靴下を口に詰め、工業用粘着テープで窒息しない程度に顔をぐるぐる巻きにしていたからです。暴れて壁や床を蹴り、音を発《た》てられても困るので、先《ま》ず後ろ手に手首と両親指を結束帯で縛りました。脚のほうも脛《すね》と足首の二ヶ所を同様の道具で縛ります。其れから、醜く肥《こ》え脹《ふく》れた身体を布団で簀《す》巻《ま》きにし、その状態の須永に朝まで語りかけたのです。内容は主に、今後の予定についてです。数時間後、一日先、一カ月先、一年先、須永の身に何が起こるかを懇切丁寧に教えてやりました。須永の言葉は、ひと言も聞く積《も》もりはありませんでした。この男の後悔や反省の言葉など、私には必要がないからです。若し、須永の汚穢《おわい》な口腔《くち》が、当時の時子のことでも話そうものなら、私は素手で奴の胸の肉と脂肪を毟《むし》り取り、其の場で心臓を引き摺りだし、踏み潰《つぶ》してしまうでしょう。そんな簡単に死んでもらっては困ります。他の罪人たちのように《断罪》で命は奪いません。私にとって須永は特別な存在なのです。生かさねばならぬ男なのです。

「是《これ》から貴様の四肢を切断する。尤《もつと》も注意すべきは大量の出血だ。多くの血液が体外に流れ出ると心臓のポンプが働かなくなり、脳や重要な臓器に酸素が送られなくなって細胞が壊死する。つまり、死ぬ。詳しく説明すると、出血量が全体の二十パーセントに及ぶと失血性ショックを起こし、危険な状態になるのだ。赤ん坊で三分の一、成人は総血液量が五リットルから七リットル、その半分の血液を失えば死亡する。腕や脚は太い血管があるから、切断後に処置がなければ数分から数十分で確実に死に至る。とくに脚の付け根にある大腿動脈は止血不可能だといわれているから、切断箇所は少し下にしようとおもう。須永、貴様にたったひとつだけ感謝していることがある。時子の手足を根元から切断して呉れたことだ。妹が意識を失うまで、其れほど時間はかからなかっただろう。ただ、お前は四肢の切断の前に眼球を摘出している。生きたまま。時子はどんなに痛かったろう。どんなに苦しかったろう。時子の遺体の状態は、我が署の優秀で饒舌《じようぜつ》な解体マニアの変人検視官が教えて呉れたよ。ご丁寧に《四肢を切断されても処置次第では生存できた可能性》まで、事細かにね。其れ丈《だ》けじゃない。生命維持に必要な薬品や装置、其れらを入手するためのルートを聞きだすこともできた。須永、喜んでくれ。私は其の技術でお前を生かすことに決めた。時子の最期のときと同じ姿のままで」

其の日、私は須永の両目を摘出し、翌日に両腕を、その次の日には両脚を切断しました。今後は味覚なども必要なくなるので、《毒蛇》の象徴である舌も切除しました。

止血のための処置をされ、生命維持のための装置を取りつけられた須永は、包帯でぐるぐると巻かれた《芋虫》のようでした。

斯《こ》うして、私と《芋虫》の地獄の生活が始まったのです。

もちろん、《芋虫》にとっての地獄です。

仕事から帰宅すると私は先《ま》ず、百本の縫い針を《芋虫》に刺し立てました。とくに喜んで呉れるのが眼孔でした。眼球の摘出時、瞼《まぶた》も切り取っていたため、須永の両目のあった場所は、奥底まで濁赤《どすあか》い肉壁が晒《さら》されている状態でした。目元の包帯を解《ほど》いて、痛覚の最先端のような其の箇所に針を刺していくと、調子の良さそうな時は鮮魚のようにビクビクと痙攣したものです。歯茎に釘を打ち込む時も《芋虫》は元気になりました。小鼻をニッパーでパチンと割ると、叩頭虫《こめつきむし》のような動きを見せますし、熱したフォークの先を喉の奥に緩慢な速度で押しこんでいきますと、幾度も失神をしました。何かを唸ることもありましたが、「もう殺してくれ」と懇願していたに違いありません。絶対に死なせる積もりはありませんでした。《芋虫》を生かし、《断罪》を与え続けることが、私の生きる意味だからです。

罪深き醜悪な《芋虫》を飼いながら、私は他の罪人たちに《断罪》を執行していきました。

《髑髏の執行人》《地獄の狩人》《断罪獣《だんざいじゅう》》となり、罪の蔦《ツタ》が我が物顔で繁殖する帝都の棘《おどろ》路《のみち》を血と肉片に塗《まみ》れて駆け抜けた私ですが、此のようなことが、いつまでも続けられるはずがないことは承知していました。二十面相の名を騙《かた》った時から、其れはわかっていたことなのです。

二十面相の名を騙《かた》るということは、彼を敵に回すこと。

宮内庁公認・特定未成年の高校生探偵、明智小五郎《あけちこごろう》。

是まで警察の要請を受け、協力した未解決事件の検挙率は九十パーセント。驚異的な数字です。残り十パーセントも、九パーセントは本人が途中で興味を失くした事件で、一パーセントは、三年前の怪人二十面相事件《新宿サザンテラスの敗北》。いちばん初めに二十面相を名乗った怪人は、自らの死により、宿命の敵である明智君に勝ち逃げをしているのです。

敗北といっても、当時、明智君はまだ探偵ではなかったのですが――。

私如きが三年前の《原初《オリジン》》の真似事をしたところで、明智君に勝てるはずもない。

彼は初めて会ったとき、既に私が二十面相になることを予見していたのです。

※

あれは、私が捜査一課に来て、まだ間もない頃です。

中村さんに呼びだされたので会議室へいくと、其処に中村さんの姿はなく、痩軀の男子学生が一人座って文庫本を読んでいました。砂漠色《デザートカラー》の制服は都内の中学校のものです。

「君は？」と声をかけても文庫本から目を離さず、切《きり》のよいところまで読めたのか栞《しおり》を挟むと、静かに文庫本を閉じました。其の時に向けられた目は、どこか茫乎《ぼんやり》として無気力で、然《しか》し、ぴりぴりと周囲に緊張感を放つような色も潜ませていました。部屋を間違えたのかと外へ出ようとする私を、引き摺って摩り減ったような声が呼び止めました。

「加賀美敬介だな」

少年は懐から金の徽章のある黒い手帳を出すと私に見せ、こう名告《なの》りました。

「探偵の明智だ」

「ああ、君が噂になっている、あの明智君か……中村さんは？」

「用があるのはお前だけだ。中村はここに呼んでいない」

然ういって缶コーヒーのプルトップを片手で開けると、ぐいと呷ります。其の姿を見て、さすがは宮内庁が特別扱いする中学生だ、随分と大物感を漂わせているなとおもったものです。

「其れで、私に用というのは？」

「今後、二十面相や、その模倣犯に関する情報が入ったら、すべて俺にも伝えろ」

「君と二十面相の関係は聞いている。しかし、情報提供の要請なら私でなくとも、もっと上を通せば――」

お前がいいんだ――明智君はいいました。

「ここの刑事全員のプロフィールに、ひと通り目を通した。お前がいちばん信用できる。俺は、お前と中村からの情報だけを受け取る。二十面相の過去の事件も把握しておけ」

「了《わか》った。しかし」

「それから一つ忠告しておく」

明智君は私の言葉を遮り、是《これ》が尤《もっと》も重要なことだといわんばかりに告げてきました。

「お前のような人間がいちばん、罪の陥穽《かんせい》に嵌まりやすい」

「……済まない。どういう意味か教えてくれないか」

「すぐに突っ走るタイプなんだろ。中村から聞いている。走るのはかまわない。そこがお前のいいところでもあるようだ。ただ……走り過ぎて、路を見失うな。自らが掘った穽《おとしあな》に、呑まれるぞ」

私は彼の此の言葉を、決して大人ぶって生意気な中学生の戯言《たわごと》とは受け取りませんでした。目の奥に見られる分厚い厭世色《えんせいいろ》の向こうに、ある種の経験を通らなければ現れない意思のようなものを感じ取り、彼の言葉を忠告として受け取ったのです。

其れから明智君は多くの事件を解決していき、探偵としての箔《はく》も付いていきました。私は警視という役職に就き、頓《とみ》に彼へ捜査の協力を要請しました。私たちは信頼関係が築けていました。

※

今年に入り、二十面相と関係のない或《あ》る事件で明智君に捜査協力を要請し、それを切っ掛けに小林君と羽柴《はしば》君、二人の中学生を彼が助手として雇い入れたのには驚きました。確かに二人とも、特に小林君のほうは若い身ながら、なかなかに優秀な探偵力を具《そな》えているようで、警察内では彼らを《少年探偵団》と復古調《レトロ》な名で称《よ》び、私も面白い三人組《トリオ》ができたなと瞻《みま》りつつ、彼らと協力し合いながら難事件を解決したことも何度かありました。

ほどなくして、私は妹を失い、《芋虫》を飼うことと相成りました。

あの日、明智君から受けた忠告を忘れ、路を誤り、罪の陥穽に墜《お》ちていった結果です。己の命以上に尊いものを穢《けが》され、失い、疾《と》っくに警察官としての正義感を腐敗させていた私は、いつ死んでもよい身でありましたが、《芋虫》の無様で醜悪極まりない、永劫の火の中で焼き続けても憎しみの晴れぬ其の姿は、私を二十面相として生かし続けました。この世に絶望した私は処刑台へ立つことを覚悟し、其れならば一人でも多くの罪人を地獄へ道連れにしてやろうと夜毎、陰惨な殺戮《さつりく》を行う処刑人と成り果てたのです。

警察が、法律が、国が、罪を裁けないのなら、私が裁いてやる。そういう不遜な考えに支配され、怪人二十面相となって《断罪》という名を掲げて罪を犯す私には、《少年探偵団》の活躍はあまりにも眩しすぎて、苦痛であったものです。《断罪動画》を撮影しながら、彼らや中村さんには何度、心の中で謝罪したことでしょうか。

そんな私を嘲笑《あざわら》うかのような報告が、或る日、私の耳に届いたのです。裁かれるべき多くの罪人が、適当に匙《さじ》でひと掬《すく》いし、撒き散らしたように、簡単に社会へと戻されたのです。其れもほとんどが、私が検挙した罪人たちです。この決断は流石《さすが》に異常だと感じ、怒りを覚えずにはおれませんでした。もっと慎重に罪の根元を掘り出すべきであるとおもいました。彼らは本当に邪悪な根を隠しているのです。苦労して漸《よう》く逮捕した罪人たちの、あまりにもあっけない、早過ぎる釈放に、私は愈々《いよいよ》、社会の正義が本格的に狂いだしたのだと嘆きました。そして、其の日に釈放されたすべての罪人を、私の手で《断罪》することに決めたのです。

※

そして、あの夜です。

幼女拉致監禁殺害の罪を犯しながら釈放された綿貫創人《わたぬきそうと》（二十八）に《断罪》を下そうとした私は、綿貫がよく通っていた風俗店の傍で張っていました。未成年を扱うなど風営法に抵触する店でしたが、其方《そちら》の裁きは後に回し、此の日は綿貫を捕えるための餌に利用しました。フルスモークに黒塗りのワンボックス。風俗街の中なら、ごく自然に溶け込める車の中で私は待ち続けました。

やがて、顎や腹に蓄えた脂肪溜《だ》まりを、ゆっさゆっさと揺らしながら綿貫が現れました。私でも圧倒されるほどの巨漢で、そのくせ、目は少年のように無垢な輝きを泳がせる、不均衡《アンバランス》な男でした。

店から出てきたところを車に引きずり込み、薬品で意識を失わせると、港湾区域にある工場へと運びました。

綿貫は複数の少女を殺害し、バラバラにして壁に塗り込めるという残虐で異常性の高い罪を犯したにもかかわらず、精神鑑定の結果、裁きを受けることなく社会へ戻されてしまった男です。《断罪》の内容は、此の巨漢を粉砕機で細かく砕き、コンクリート詰めにすること。既に五分前、《断罪》を予告する動画を《赤い部屋》にあげておりました。

「——あん？　なんや、ここ」

無人の工場で、撮影用のカメラを設置していると、素《す》っ頓狂《とんきょう》な声が聞こえてきました。伝送帯《コンベヤー》の上で手足を縛られ、自由を奪われた状態で目覚めた綿貫は混乱している様子でしたが、髑髏マスクをかぶった私を見て、直ぐに状況を察したのか、怯えた声をあげました。

「き、君、二十面相やないか、なにしてんねん、こんなところで」

「ここまで運ぶのは苦労した。少し痩せた方がいい。ダイエットを手伝ってやろう」

「なにいうてんねん、ここジムちゃうやろ。君、頭わいとるんとちゃうか？」

「細切《こまぎ》れになれば、少しは軽くなる。希望するなら、挽肉にしてやってもいい」

「ちょ、ちょっと待ってぇな。これ、あれやろ？《断罪》やろ？ なんでボクなん？」

「——わからないのか」

「わかるわからないやのうて、君、勘違いしとるで」

「勘違い？」

「ニュース見てへんのか？ 見てみ、こうしてボク釈放されとるんやで。それがどういうことか、君こそわからんの？ ボクが悪いんとちゃうってことやで？」

「じゃあ、悪いのは誰だ」

「悪いのは頭《こっち》や。これは仕方ないことなんや。そう生まれてしもたんやからな。せやさかい、罪にはならんのや。これ、ほんまやで？ 少し勉強したほうがええよ。いや、ほんま」

「ほんまかどうかは、お前のミンチになった脳みそに、直接会って訊いてみよう」

ピエロの鼻に似た赤い可動ボタンを叩くように押しました。伝送帯《コンベヤー》のベルトはゆっくりと動きだし、緩やかな傾斜を上に向かって綿貫を運びます。可動速度の設定は私がいちばん遅い設定にしておきました。できる限り長い時間、恐怖を味わってもらいたかったからです。逃げ出そうと河馬《かば》の寝返りのように身を捩《よじ》る綿貫の背中を、足に体重を載せて踏みつけました。恐怖のあまり、綿貫は失禁し、何度も放屁していました。其れもそうでしょう。分厚い顔の皮を剝ぎ取り、頭蓋骨を簡単に嚙み砕く鉄の顎《あぎと》が、二メートル先まで迫っているのですから。綿貫は泣き叫びながら母親を呼んでいました。甘ったれた声でした。

「それぐらいにしておけ」

其の声と同時に、死のジェットコースターは、かくん、と静かに停止しました。

明智君です。学生服のズボンのポケットに両手を突っ込み、ベルトの上に立っている彼の足は、伝送帯《コンベヤー》の脇にある青い停止ボタンを踏んでいました。

「罪人を救いにきたのかな、名探偵殿《どの》」

「クズの命なんぞどうでもいい。だが、お前が二十面相の名を騙《かた》る以上、俺は止めなければならないんでな」

「律儀だな。然し、君なら、もっと早く止めに来るものだと思っていたが」

「そのつもりだった。しかし、さすがだよ。お前は尻尾は見せても、なかなか摑ませない。当然か。いつものお前は、尻尾を摑む側の人間なんだからな。どう逃げ隠れすれば警察や探偵《おれ》を翻弄《ほんろう》できるのか、熟知《よくし》っているんだ。おかげで、『明智は再び、二十面相に敗北した』なんてネットに書きこまれているよ」

「然《そ》うなることは、私の本意ではない」

綿貫は隙をついて伝送帯《コンベヤー》から転がり落ち、縛られた状態のまま、這いずって逃げ出そうとしました。追おうとする私の前に明智君は立ち開《はだか》ります。必死で逃げる綿貫の巨獣のような臀部《しり》が揺れながら遠ざかっていきました。

「あの男は必ず、再び罪を犯す。其の前に裁かねばならないのだ。退《ど》いて呉れたまえ」

「お前は再び罪を犯さないというのか？　怪人二十面相」

明智君は攻撃の構えをとりました。仕方がありません。二十面相が《断罪》に失敗しては、罪人をのさばらせる結果となります。明智君が空手を齧《かじ》っていることは知っていましたが、強者特有の覇気はまるで感じません。彼のことです。然ういうものを表に出さない構えなのかもしれません。私も腕には覚えはありました。中学から柔道をやっていたからです。

「時間がない。悪いが直ぐに決めさせてもらう」

私が先に踏み込みました。

明智君は細身な体格《からだ》からは考えられぬほど、よい攻撃の形を持っています。しかし、彼の攻防の構えは整い過ぎていました。知識で身に付けた強さなのだと直ぐにわかるほどに。日々の弛《たゆ》まぬ鍛錬により、肉体の強度を高めていた私の攻撃を真面《まとも》に受け、無事で済むはずがありません。明智君は肩を脱臼し、拳を突きだすことができなくなりました。

「もう、勝負は見えている。其処を退いてくれ。罪人を見失ってしまう」

「心配するな、怪人。これは計画的な仮釈放だ」

明智君は脱《はず》れた肩を押さえながら、斯《こ》う続けました。

「綿貫を始めとする同日の釈放者は全員、二十四時間、常に警察がマークしている。余程、警察《やつら》が無能でないかぎりは再犯などさせないだろうさ」

なるほど。私は喝采したいおもいに駆られました。

「無茶をする。一歩間違えば警察の信用が地に落ちる、危険な発想だ。よく許しが出たものだとおもうが、君のことだ、どうせ非公式なやり方をしたのだろう？　然《そ》うか、彼らの釈放は私を誘いだすための罠だったのか」

「しかも、お前の好みそうな罪状のフルコースだ。まさか、いきなり綿貫《メインディッシュ》にいくとはおもわなかったがな」

「幼児愛者《ペドフィリア》は極力、早目に片付けておきたいからね。偖《さて》、是《これ》から如何《どう》するのかな。その口振りでは、此の工場もすでに警察が包囲しているのだろう。然《しか》し、此方《こちら》もまだ捕まるわけにはいかないんでね。絶体絶命な状況に追い込まれた私は手段を択《えら》ばず、最後の抵抗を試みるやもしれないよ。駄目で元々で訊くが、名探偵殿、其処を退いては呉れないか。君を傷付けたくはないのだ」

「もちろんだ。退かせることができるならな」

私は懐から銃を出し、彼の眼前に突きつけました。銃を向ける者は、是から殺す相手の目など見ることはしません。躊躇《ためら》いが生じぬよう、憎悪に呪われぬよう、弾をはずさぬよう、撃ち込む場所だけをじっと見つめるべきなのです。

私は明智君の目の奥を覗きこむと、銃を下ろしました。

「やはりな。二十面相、お前はお前の信念により、引き金は引けない」

「随分と大胆な賭けに出たものだ。然し、若さゆえの無謀といえる。今の私なら、直ぐに気が変わって撃つかもしれない。なぜなら、罪人を守る者もまた、罪人なのだ」

「だとしても、お前の負けだ。その拳銃の弾はすべて中村に模擬弾へと換えさせてある」

「――是は決して負け惜しみではないのだが、知っているかな。模擬弾でも、是だけ至近距離から撃てば、君の命を奪えるということを」

「知っているさ」

「なら、防弾着でも装備しているのかな。頸から上は生身のようだが」

「そんな物は必要ない。見ろ。銃口はどこを向いている。どうして俺ではなく、下を向いているんだ。足下にモグラでもいるのか？　どうして、引き金から指をはずしている」

どうして？　そんなことは当たり前です。私は明智君を撃つ積もりなど、更々《さらさら》なかったのです。此の時、撃っていたのなら、私の人生はまた違ったものになったことでしょう。

「もう遊戯《ごっこ》はいい。マスクを取れ、二十面相。いや――加賀美敬介」

私の醜い憎悪劇は、是で終幕と相成ったのです。
御清聴、ありがとうございました。

【中村、罪人《つみびと》に伝える】

俺たちの追想は、こうして終わった。

あの頃の二人《コンビ》は、もう過去の中にしかない。今は薄寒い殺風景な面会室で、分厚いアクリル板によって引き裂かれている。

「また、あの頃みたいに加賀美ちゃんと二人で、クソったれな事件のために走り回りたかったよ」

「まだ……私をそう呼んでいただけるんですね」

「お前は、加賀美ちゃんのままでよかったんだ」

加賀美は肩を細めて、唇を震わせた。おいおい、寒そうだなと笑い飛ばせる顔じゃあない。

「私は取り返しのつかないことをしました。中村さんを……裏切った」

「この世は取り返しのつかないことばかりじゃない。少しずつ取り返せるものもある。時間はたっぷりあるんだしさ。俺は気長に待ってるよ、加賀美ちゃん」

「この私に、取り返せるものが、まだ、ありますか」

「いろいろある。そうだな、でもまずは《芋虫》のことを忘れるんだ」

加賀美の目は再び、暗く濁った。俺は一昨日食べた、さんま定食の秋刀魚《さんま》の目をおもいだしていた。

「《芋虫》は——須永は絶対に生かしておかねばならない。時子が受けた数千、数万、数億倍の苦痛と恐怖と絶望、そして死にたくなるほどの退屈を味わいながら、死なせない。死なせるもんか。生かしながら、殺し続ける。それが私の生きる糧《かて》なのです。そう、あの《芋虫》は私の心臓も同然なのです」

「もう、こっち側に戻ってはこれないのかい……加賀美ちゃん」

「私は罪深い。陽の当たる場所へなど戻ることはできません。二度と」

「ほんと、あいかわらず、頑固っすねぇ」

俺は苦笑しながら腕時計に目を落とす。そろそろ面会時間も終わりか。昔話をしに来たつもりじゃなかったんだけどな。

「そろそろいくよ」

椅子を立とうとすると、加賀美はケツを引っ叩《ぱた》かれたガキみたいな動きで起立した。

「御説教してやるつもりだったが、どうも湿った気持ちになっちまっていけないな。今から、探偵さんに会いに行くよ。『二十面相の案件は全部、俺に回せ』っていうからさ」

あの暗い口調を真似ても、加賀美は笑ってくれない。俯きながら懺悔の言葉を呟くだけだ。

「彼にも、明智君にも謝罪したい。信用してくれていたのに……最悪な形で裏切ってしまった」

「伝えとくよ。一度くらい面会にこいってさ。でも期待しなさんな。探偵さんは薄情だから、舞台を退場した役者には興味を持たない」

「それが彼なりの気遣いなんです」

「どうかねぇ。ま、わたしは暇人だから、ちょくちょく来させてもらうよ」

加賀美は深々と頭を下げた。

「中村さん……今日は本当にありがとうございました」

「加賀美、俺たちは、いいコンビだった」

面会室を出るまで、ずっと加賀美が頭を下げているのを、俺は背中で感じていた。

幕間

さてさて、みなさま。

中村警部《なかむらけいぶ》と加賀美敬介《かがみけいすけ》の物語《ものがたり》は、いかがでしたか。

大人《おとな》のストーリー《すとーりー》といったかんじでしたね。

お次《つぎ》は、少年《しょうねん》たちの話《はなし》にいたしましょうか。

仮《かり》に名づけるのなら、《少年探偵団《しょうねんたんていだん》》のお話《はなし》です。

まずは登場《とうじょう》する少年《しょうねん》たちのご紹介《しょうかい》を。

宮内庁公認《くないちょうこうにん》の高校生名探偵《こうこうせいめいたんてい》、怪人二十面相《かいじんにじゅうめんそう》の宿敵、明智小五郎《あけちこごろう》。

奇怪《きかい》な事件《じけん》に魅《み》せられる、美少女《びしょうじょ》の容貌《ようぼう》を持《も》つ中学生《ちゅうがくせい》、小林少年《こばやししょうねん》。

そして、そんな小林少年《こばやししょうねん》に翻弄《ふりまわ》されながら、確実《かくじつ》に事件《じけん》へと巻《ま》きこまれていく羽柴財閥《はしばざいばつ》の御曹司《おんぞうし》。通称《ひとよんで》、坊《ぼっ》ちゃん。羽柴少年《はしばしょうねん》。

なんですって？　まだ役者《やくしゃ》がたりない？　はいはい、そうでございましたね。

明智探偵《あけちたんてい》が登場《とうじょう》するのであれば、欠《か》かせぬ方《かた》がおられます。

われらが怪人二十面相《かいじんにじゅうめんそう》は、いつ復活《ふっかつ》するのだろうとお思《おも》いなのでしょう？

わかっております。ですが、もうしばらく、どうか、いましばらく、お待《ま》ちください。

かならずや、みなさまのまえにお目見《めみ》えになられるので、少《すこ》しばかりのご辛抱《しんぼう》を。


なになに、さっきから訳《わけ》しりに話《はな》すお前は、いったいだれなんだ？

これは、申《もう》しおくれました。

わたくし、なにを隠《かく》そう、われらが怪人二十面相《かいじんにじゅうめんそう》の後継者《こうけいしゃ》。

どうもちかごろ、後継者《こうけいしゃ》を名のる偽者《にせもの》がはびこっているようですが、わたくしこそが、正真正銘《しょうしんしょうめい》、二十面相《にじゅうめんそう》の後継者《こうけいしゃ》なのでございます。

ええ？　名を名《な》のれ？　いやいや、そのお気《き》もちも、ごもっとも。名《な》のりもせず、勝手気《かってき》ままに話《はなし》をすすめるわたくしを、なんと無礼《ぶれい》なやつだと思《おも》われたことでしょう。

けれども、これはわれらが怪人二十面相《かいじんにじゅうめんそう》のみちびきだした数式どおりの流《なが》れ。

時期《じき》がきましたら、もったいぶらず、つつみ隠《かく》さず、すべてをお見せいたします。

ですから、もうしばらく、おつきあい願《ねが》えましたら幸甚《こうじん》に存《ぞん》じます。

では、みなさまお待《ま》ちかね、次《つぎ》なるお話《はなし》でございますが、語り手は、なな、なんと、名《めい》探偵《たんてい》の明智小五郎《あけちこごろう》でございます。謎《なぞ》につつまれている、彼《かれ》の過去《かこ》もかたられるようですよ。

どうか、ひとときも目《め》をはなさず、ごらんになられますように。
それでは、どうぞ、ごゆっくりお楽《たの》しみください。

【明智、忘れ形見を守る】

浪越涼《なみこしりょう》。

それが、俺の最初で最後の友の名だ。

対等と呼べる存在《もの》のことを友と称《よ》ぶのであればだが。

この頃の映像《きおく》は、それほど古いわけでもないのに、どれも霞んでいる。靄《もや》がかかって白《しら》む光景《せかい》の中、俺と浪越はいつも図書室の窓際で悪魔を育てていた。

今おもえば、暈《ぼ》やけて視えるのは記憶が霞んでいるからじゃない。放課後の日暮れ前の眩《まばゆ》い陽射《ひざ》しを、俺たちは真面《まとも》に浴びていたからなんだ。

あえて、もうひとつ理由を挙げるならば、浪越の持つ生命力《いきるちから》の色素の薄さ、薄弱さも関係しているんだろう。強い風が吹けば、人は飛ばされないように何かに掴まるか、獅噛《しが》み付いて耐えるものだが、浪越は足掻くことも、掴むために手を伸ばすこともしない。辛うじて、どこかがなにかに引っかかって、偶々《たまたま》、その場に残留《のこ》ることができている、そういう奴だった。だから、浪越のいる記憶の光景はすべて、仄《ほの》めいて視えるのかもしれない。

俺たちのすべては、数式だった。

あの頃の俺たちがしていたことなんて、黙って帳面《ノート》に書かれた数式を睨み、たまにペンを握ると何かを書き留めて、また黙って帳面《ノート》の数式を睨むという繰り返しだ。端からはさぞかし退屈そうに見えるんだろうが、浪越はヘッドホンでお極《きま》りの音楽を聴きながら愉しそうな表情《かお》をしていたし、多分、俺もそんな表情をしていたはずだ。

時折、浪越はヘッドホンを脱《はず》すと、俺にこんな質問を投げかけてきた。

「明智君、悪魔ってなんだとおもう?」

「その質問の仕方だと、超自然的《オカルト》な答えを求めているわけじゃないよな」

「ううん、西欧神秘思想《オカルティズム》の解釈でいいよ」

「逆に難しいな――邪悪な霊。悪霊。人類の霊的発展の障害《かべ》となる存在」

「それだよ、さすが明智君だ」

浪越は嬉しそうに笑う。その笑顔に血の滲む絆創膏が貼られていない日はなかった。これがなければ、もっと笑顔らしい笑顔になったはずだ。

「つまり、人類の進化にとって悪魔は重要な存在だってことだよね。人類の進化とは知性の向上だ。ラプラスは究極ともいえる知性を悪魔《デモン》と呼んでいる。その知性《デモン》が、すべての力と自然を構成している、すべての存在物の状況を把握し、分析をする能力を有しているとしたら。

同一の方程式のもと、この宇宙の中で最も大きな物の運動も、もっとも軽い原子の運動も包《ほう》摂《せつ》せしめる、とラプラスはいっている」

「その知性《デモン》にとって不確かなものは一つもなく、未来も過去と同じように現存する、ともな。で、なにをおもいついた？」

「おもいついたんじゃなくて、ずっとおもっていることを、僕は今、初めて口にしようとしているんだよ」

躊躇しているのか、一度、言葉を呑みこむと、それから思い切ったように口を開く。

「僕はラプラスの悪魔《デモン》を作りたい」

浪越の目は俺から逃げて、俯き、そこでも逃げ場所を探していた。まるで初恋の相手の名を聞かされたような気持ちになった俺は、笑うしかない。

「ひどいな。そんなに馬鹿げている話をしたかい？」

「そうじゃない。もう何度も同じことをお前から聞いているからだ」

「え、そうだっけ」きょとんとした顔になり、そこからじわじわと照れ笑いになる。「でも……そうかもしれない。だめなんだよ、僕は。自分の中に入ってしまう癖があって、何かを話したつもりでも後で、それが心の中の呟きだったのか、君へ話したことなのか、おもいだせなくなることがあるんだ。ごめんよ」

「別にかまわない。何度でも聞いてやる。そのかわり、笑うのは我慢しろよ」

「それは、仕方がないね」

「ああ、でも」

「なんだい？」

「そろそろ、この数式に名前をつけろ」

浪越は「名前かい？」と小首を左に傾《かし》げ、「どうして？」と右に傾げる。

「だってラプラスの悪魔のままじゃ、借り物だし、パッとしない。俺とお前で、その悪魔を育てるんだし、なにより、目的が違う。ラプラスの名前がついているのは違うだろ」

「――うん、そうだね。うん、うん、ほんとだ、明智君のいうとおりだ」

「名前は力を持つ。浪越、お前が信じることのできる存在の名前を考えろ」

浪越は人さし指を顎につけて考える素振りをすると、うん、と大きく頷《うなず》いた。

「じゃあ、こういうのはどうかな。黒い世界を照らす星」

――暗黒星《あんこくせい》。

※

只今《たつたいま》、視ていたものが、夢なのか、喚起《よびおこ》された記憶《おもいで》なのか、判《わか》らないことがある。ひどいときなど、俺はまだ、その頃にいるんじゃないかと錯覚をする。現在《いま》がまさにそうで、瞼を開けたままではいいが、それまで瞼を閉じていたかを疑いだす。それから視界と思考を巡らし、ここは、あの頃の図書室ではないのだと判《わか》り、そして、落胆する。

当然のことながら、俺は自分の事務所の仄暗さの中にいた。視界に入ってくるのは、艶《つや》消しが重たげな色にしているバーカウンター、茸《きのこ》が生え並んでいるような腰掛《スツール》け、古美術品《アンティーク》の趣のあるジュークボックス。雰囲気のある照明《ムーディーなライティング》も、この事務所が元々はバーであった名残だ。調度品、壁紙、絨毯《じゅうたん》といった選び《チョイス》のセンスは合わないが、唯一、元オーナーと趣味が合うとすれば、今俺が寝そべっている籐《とう》の長椅子《ソファー》だ。そこで仰向《あおむ》けになって薄暗い天井を見つめていた俺は、手から離れ、床に落ちている携帯端末《ポータブル・デバイス》を拾いあげる。

スリープ・モードの深緑色の表示画面《ディスプレー》に、プトレマイオス《トレミー》の天動説から地動説への変換式が表示される。退屈な数式に余計な可能性《ポシビリティ》を入れ込んでしまったため、本格的な混沌《カオス》が生じてしまった、失敗作だ。単純かつ自然発生的に枝分かれする――すなわち想定内の可能性《ポシビリティ》だけなら、ゲームブックのように選択肢を増やし、各々の物語《ストーリー》を想定しながら継続させていくだけで未来の予測は充分に可能だが、可能性《ポシビリティ》同士の接線《タンジェント》で生じる新たな事象《フェノメノン》まで想定し、ライプニッツ的な可能世界の構築までもしていくとなると、スーパーコンピューターの力を借りても証明は可能かどうか。この数式には、人間の脳が起こしうる、ある程度の誤作動まで入ることを考慮して計算しなくてはならない。

こいつは、浪越と二人で挑んでいた数式から一部を抜き出したものだ。

大抵の人間はトレミーとかライプニッツとか、接線《タンジエント》とか事象《フエノメノン》とか可能性《ポシビリテイ》とかいわれても、なんのこっちゃだろうし、いちいち深く考えずに聞き流すだろう。俺の悪い癖で、数学のことになると、あちこちから専門用語を持ちだして表現を難しくしてしまう。要するに未来の予測を数式でやってしまおうってことで、俺と浪越、特に浪越はその数式の化け物みたいなものを生みだそうと、時間と知を余すことなく注いでいたんだ。ちなみに、さっきの表現は浪越にはストレートで通じていた。

そんな稀有な友人だった浪越は、急に、本当に唐突に、この世からいなくなってしまった。そのため、あいつの遺した数式は俺一人で受け継いだんだが、すでに俺には理解のできない事象《フエノメノン》の証明が幾つもなされていた。この世から消える直前まで浪越は数式の証明を進めていたようで、どうやら何かに到達したらしいのだが、その事象が意味することや、これが最終的な数式なのか、そうでないのか、それさえもわからない。

浪越、お前は解き明かしたのか。無限の可能性の先にある確定性。そんな幽霊よりも存在の疑わしいものを証明するため、せっせと育てた膨大な数式の先へ、お前は到達できたのか。悪魔を生みだすことはできたのか。それとも、多くの数学者《マスマテイシヤン》が迎えた末路のように、偏執病《パラノイア》に冒されてしまっていたのか。

あー、くそ、頭が痛い。

不定期に軋む俺の頭は、睡眠の阻害だけでなく、記憶の出し入れを勝手にすることがある。今みたいに数式の答えを無理やり探しだそうと脳をフル回転させていると、「記憶の中に答えがあるかもしれないよ」とお節介をし、勝手に昔話を再生しだすんだ。先刻《さっき》みたいに夢か現実か想像か、曖昧な状況を引き起こすのも、おそらく大抵が、このお節介に要因がある。

テーブルに手を伸ばし、そこに並ぶ薬瓶を摑んでは振り、摑んでは振りし、四度目で中身の入った瓶を引き当てる。三、四錠を直接口に流しこむとラムネ菓子のようにぽりぽり齧り、今度はコーヒーの空き缶の列から中身入りを引き当てようと同じことをする。食道の粘膜を傷めるから錠剤は嚙むなと医者に煩《うるさ》くいわれているんだが、知ったことか。俺は、このサイズのものが咽喉《のど》を素通りするのが好きじゃない。粉々に潰してから服用するのが常だが、今みたいに面倒なときは、そのまま嚙み砕いて缶コーヒーで流しこむ。こんな飲み方をしているからか、頭の痛みが消えたことはほとんどない。

二階の玄関から扉の開く音がし、ごとごとと二人分の足音が入ってきた。事務所の床は構造上、足音がよく響く。誰かが入ってきたら、どの階《フロア》のどの場所にいても、わかり易い。

「ただいまでーす」

ただいま、ときたか。あいつら、いつもノックを省略《カット》しやがる。まあ、ノックされても面倒だから返事などしないんだが、だからって、こうして勝手にズカズカ入ってこられるのも腹立たしい。今さらだが、事務所の鍵をあいつらに預けたことを俺は後悔していた。あの二人ときたら、事務所《ここ》を自宅の自室かなにかと勘違いしているんだ。おかげでこっちはプライベートもクソもない。

「おい、お前ら、靴脱げよ！」

「もう。毎回いわれなくたって靴はちゃんと脱ぎますよ、ね、羽柴君」

「え？　あ、ああ。いや、お前、たまに土足で入ってるぞ」

小林と羽柴か。あの事件から、すっかりこの二人の男子中学生が俺の個人的空間《パーソナルスペース》に入り浸るようになってしまった。

「というわけで具合が悪い。お前ら、今日は帰れ」

「またまたぁ。それより明智先輩、面白い事件の報告はありましたか？」

「聞く耳なしか」

「こ、こら小林、事件を面白いとかいうな！　不謹慎だぞ！　それより今からしっかりテスト勉強させるからな。明智さん、こっちのテーブルお借りしますね」

「もはや無視か」

無駄だな。こいつらには、なにをいっても。

ああ、そういえば——テーブルの隙間を埋めるコーヒーの空き缶の中から、俺は黒い手帳を摘み上げ、「少年」と呼んでから小林に放り投げた。きょとん顔で受け取った小林は、手帳の表紙に『特殊権益許可証　見習い』と書かれた浮き出し文字《エンボス》を見ると、眼を輝かせて頬ずりしだした。

「わああっ、申請、通ったんですね！」

「制限はあるが、少しは捜査がしやすくなる。まあ、生徒手帳よりは役に立つな」

「おい、小林」羽柴が腰に手を当て、さっそく苦言を差しだす。「探偵をやるなとはいわないけど、他を疎かにするんじゃないぞ。少しは学校のほうも真面目にやれよ。そろそろテスト期間なんだからな」

「ぶぅー。テストなんて受けなくてもいいよーだ」

「ぶうって、子供じゃないんだから……お前は明智さんと立場が違うんだぞ」

「だって、テストなんてなんの意味もないよ」

「そういうことというと、あらゆる権限を用いて、その手帳、没収するぞ」

眼鏡をキラリと光らせ、羽柴が手を伸ばす。我が子を守るように手帳を抱きしめる小林は、ちょこまかと羽柴から逃げ回る。あー、埃がたつから走るな。

「こら、逃げるな」

「手帳に触れたら絶交だからね」

羽柴が「うっ」と呻いて動きを止める。怯《ひる》んだところで小林が畳みかける。

「テストなんて生徒に順位を付けるだけの馬鹿みたいな因習だよ。そこそこいい点取ったからって就職にそれほど有利に働くとはおもえないし」

「お前、いっちょ前に就職のことなんて考えてるのかよ」

「考えてちゃだめかい？　それともなに？　羽柴君が一生面倒みてくれる？」

「え！　あ、うん、いや、そ、そういう話じゃなくてだな、勉強ってのは」

「学校でする勉強なんて意味がないよ。授業だって退屈じゃないか」

「あのなぁ、それ学校で絶対にいうなよ。っていうか、そういう態度、今日、たっぷり出してただろ。花菱《はなびし》先生、お前の授業態度、かなり気にしてたぞ。あーいう人は思いつめやすいんだから、少しは気を遣ってだな――」

騒がしいし埃っぽいし、いつもなら二人のケツを蹴っ飛ばして追いだしているんだが、今日は『トムとジェリー』を観賞している気分で、「仲良く喧嘩しな」という目で、ぼうっと二人を眺めていた。すると、思わずこんな言葉が口から洩れていた。

「お前らも喧嘩するんだな」

「え、いや、これはその、喧嘩というか」

「じゃれ合ってるだけですよ」

「ほう、そうかい、そいつはご馳走さん」

で、また始まる。

「おい小林、なんだよ、じゃれ合ってるって」「だって喧嘩はしてないでしょ」「そうだけど、変な感じになるだろ」「変な感じになってるの？　羽柴くんが？　どういう感じ？」「いや、そういう意味じゃなくてだな」

こいつらが煩いからキンキンと頭が痛む。この様子じゃ当分、帰りそうもないな。

俺は長椅子《ソファー》を立つと、じゃれ合っている二人を掻き分け、部屋の奥にあるジュークボックスの選曲ボタンを押した。選曲といっても、このレコードしか回したことがない。

騒がしい事務所に、ブルーノートの乾いた男声《だんせい》がじわじわと染み渡っていく。この歌を聴くと俺の頭痛は少しのあいだだけ、おとなしくしてくれる。どうやら、二人も静かになってくれたみたいだ。

「俺も一度だけ、そんな喧嘩をしたことがあったな」

「へぇ、明智先輩にも喧嘩できる相手がいたんですね」

「そこはかとなく失礼な発言だな、少年」

長椅子《ソファー》に戻った俺はノートパソコンで『幻影城』にアクセスし、《赤い部屋》のトップにあげられている動画を消音《ミュート》で再生する。新宿駅南口から代々木方面へと延びる遊歩道《プロムナード》《新宿サザンテラス》——そこにある甲州街道を跨《また》ぐ連絡通路に被さる鉄枠部《デッキ》の上で、髑髏マスクを被った白いコート姿の少年が燃えている。もうこれまでに何十万、何百万回と再生されている動画で、俺自身も何千回再生しているかわからない。

「これは……三年前の……」羽柴は映像から目を逸らした。

「いちばん最初の二十面相ですよね」小林は逆に、鼻先を映像に近づける。

俺がこの動画を何千回も視聴しているのは、よく出来すぎているからだ。まるで、脚本が用意されていたかのように、これから起こることが事前にわかっていたとしか思えない映し方をしているんだ。被写体の立ち位置を意識し、どの角度から撮ればいいか、光の当たり具合なども計算され、よく考えられたカメラ配置になっている。それにこれは、個人の撮影によるものではない。あらゆる構図・角度で同時刻に撮影された映像を編集で繋《つな》いでいて、事件当時、現場には撮影者が複数いたことがわかる。そのうえ、完全オリジナルで、ネットにあがっているものを拾い集めて繋ぎ合わせたものではない。なぜなら、各シーンの元の動画を一度も見つけられたことがないんだ。つまり、それぞれの動画の撮影者は、ただの野次馬などではなく、サザンテラスで何が起こるかを知っていた可能性があり、このたった一つの動画を製作するために、事件現場に待機していたものだと考えられる。よく見れば、撮り方や編集の仕方など、いっぱしの映像作品のような構成に仕上がっており、とても素人の手業とは思えない。

炎の中、二十面相が黒い影になっているカットで、俺は動画を停止させる。

「この男の名は浪越。原初の二十面相であり、俺の最初で最後の喧嘩相手だ」

【小林、明智の過去を視る――陽だまりの図書室】

ぼくが語ろう。

屹度《きっと》、明智先輩がこれほど自分のことを語ることなど、後にも先にももうないことだろうし、捻《ひね》くれているあの人のことだから、肝心な感情《おもい》はなかなか伝えてくれないだろうしね。

これは明智先輩本人から語られた、過去の物語。

明智少年と怪人二十面相誕生の物語だ。

※

中学校の図書室で独《ひと》り、書冊《ほん》の山を築いている少年がいる。

なにを読んでいるのだろう。しょむずかしい題名の書冊《ほん》ばかりだけれど。

愛想のない猫《ねこ》のように、なに事にも関心《きょうみ》を示さないだろう細く尖《とが》った眼《まなこ》と、不機嫌そうに「へ」の字に彎《まが》った口、一度でも櫛《くし》で梳《す》いたことがあるのかどうか疑わしい、ぼさぼさに放っておかれた髪。うん、何処かで見た覚えのある見目形《みめかたち》だ。

疾《と》っくに授業の始まっている時刻なのに、注意を挿《はさ》む教師が誰一人としていないのは、いうまでもなく、彼が明智小五郎だからだ。

然《そ》う、明智先輩は、この頃から特別だったんだ。

もう、義務教育では学ぶことなどないというくらい頭脳明晰《ずのうめいせき》であった少年の耳朶《みみ》には、教師の言葉《おしえ》など幼子《ちいさいこ》の言葉遊戯《くちあそび》程度にしか聴こえなかった。たとえば今、彼の掌中《てのなか》に納まっているゲーデルの書冊《いっさつ》を、真面《まとも》に読んだことのある中学教師が果たしていただろうか。否《ううん》、この学校にはゲーデルの名を知る大人はいなかった。一人もね。それだけでも、彼になにかを教えられる大人などいないことは判然《はっきり》としている。そんな難《むつか》しい書冊《ほん》でさえ、何度も繰り返し読んだ漫画本のように退屈な表情で目通《めどお》ししている彼に——当然だ。明智少年にとって、これは幼少の頃に読んだ懐かしい絵本を久方ぶりに開いているのと同じことなのだから——教師風情がいったい、なにを教え説き、導くことが可能《できる》だろう。それを充分に承知しているから、誰も彼に口煩い御説教をしたり、偉ぶった態度で道徳を語ったりはしなかったのだ。

そういうわけだから、今が授業中だろうとなんであろうと彼には関係のないことだし、他の誰も彼の振舞いを気にかけることなどなかった。なにせ、入学式当日から一度も教室へ出向いた記憶《おぼえ》がないのだ。図書室が少年にとっての学びの室《へや》のようなものだった。規則の索《なわ》に絡み縛られないその奔放《じゆう》な姿が、ぼくには実に羨病《うらや》ましくおもえたものだ。

明智少年は何時《いつ》も独りだった。独りきりでいるのが好ましいのだ。確かにそのほうが、勝《かっ》手気儘《てきまま》に好きなことをやれる。殆《ほとん》どの生徒が当然しているようなこと、つまり、勉学や運動に励むことも、学年首位《トップ》や優勝や金賞といった高みを目指して競い合うことも、密かに恋慕の情を抱くことも、笑うことや燥《はしや》ぐことも、そういうことに一向頓着《とんちやく》しない儘《まま》で学校生活を送ってみると、矢張り、それが尤《もつと》も自分に適した環境なのだと明智少年は熟々《つくづく》おもっていた。

友達はいたのか。対等な存在を友と称《よ》ぶのだとしたら、明智少年に、そのような存在はできようもない。並ぶ者なき頭脳を持ってしまったが故の孤独だった。抑々《そもそも》、友などというものに必要性も価値も興味も感じていない。それどころか、殆どの人間が彼にとって、ぎくしゃくとした滑稽《こつけい》な動きをする、木偶《でく》だった。これは、ぜひとも言い添えておきたいのだけれど、下手な喩《たと》えなどではないんだ。本当に明智少年の目には、そのように視えていた。他《た》への関心の無さが、すれ違う人々の姿を、貌《かお》のない素描《デッサン》人形のように視せていたんだ。彼にとってこの現世《せかい》は、のっぺらぼうの木偶の群がりであって、その中に、たった独りの自分がいる。

ぼくには、そんな明智少年のことが能《よ》く理解《わか》るのだ。得てして、こういう人間には、関心の外にあるものは人だってなんだって視えていない。ぼくもそうなんだ。ぼくも、関心の外にある人間は、人の姿に視えない。ぼくに於いては、視えるものは木偶などではなく、ぼやぼやとした影法師のように視えるのだけれども、兎にも角にも、こうなってしまうと色や人を構成する部品《パーツ》がまるで失われてしまい、個々を識別することができなくなる。これと同じことが明智少年にも起きていたんだ。

少年の日常に変化が起きたのは、ある一冊の書冊《ほん》との出会いが切っ掛けだった。余《あんま》り認《し》知られていない作家の、懐古的《レトロ》な感情表現の甚《はなは》だしい青春小説の作中《なか》に、随分と趣のある造りをした学び舎《や》の描写があり、そこがなかなかに面白い変人学徒の集まる場所として書かれていたのだ。「ほう、学校とはそんな処だったかな」と確認《たしかめ》したくなった明智少年は、自分が在籍する教室へと初めて足を運んでみたのだった。

却説《さて》、どうだったのかというと、わやわやと賑《にぎ》やぐ教室は、果たして想像していたように、息の詰まる退屈な場所でしかなかった。聴きたくもないのに、べたべたと鼓膜に絡みついてくる甲高い会話《おしゃべり》は、鉋屑《かんなくず》のように薄っぺらで使い道のない醜聞を、ぼそぼそと節度《だらし》なく溢《こぼ》すだけのものだった。そこへ偶《たま》に混じる狡《こす》からい獣《けだもの》じみた下品な嗤《わら》いも実に不快で、これでは意味もなく其処《そこい》らで土でも掘っている方が、幾分意味の有ることのようにおもえるほど、詰まらない時間だった。

教室の隅に追いやられている、自分の机と椅子に初めて触れてみるも、硬く冷たく、生徒をその場に固定する以外は使い道のない、むしろ、ただそれだけが目的の、どこまでも強制じみた道具にしかおもえず、図書室の窓際で陽だまりの恩恵を受けた暖かい椅子や机とは到底違い、腰を据える気になどこれっぽっちもなれない。主人《あるじ》の寵愛なき儘《まま》、放っておかれた廃具の物哀しさが滲み出ている。明智少年には独りの図書室よりも、この教室の方が肌寒くすら感じていた。

「おい、愉しいか」「蹴られて嬉しいか」「此奴《こいつ》、面白いぞ」「もっと蹴れ」

視界の端では幾体もの木偶が、一人の小柄な男子生徒を囲んで、蹴って嗤って揶揄《からか》っている。蹴られるたび、床に転がる少年の学生服には、顕微鏡の中の草履虫《ゾウリムシ》のような跡が増殖《ふ》えていく。少年は顔を苦痛に歪めているわけではなく、下唇を巻きこんで口は堅く結ばれ、両手は身体を守るのではなく、両耳に当てたヘッドホンを押さえている。

おや、なぜなんだろう。

明智少年も、ぼくも、首を傾げた。誰もが木偶として映っていたのに、明智少年の目は、この少年を人の姿として視認していたのだ。

漉《す》き紙のように白い肤《はだ》と、日に赤焼《あかや》けた髪が、少年の細胞の羸弱《るいじやく》さを表しているようだった。諦《あきら》め観の被膜が覆って曇った艶のない瞳は、まさに被食動物《くわれるもの》が持つ特有の覚悟の色を見せ、被服は埃で薄汚れ、それはとても惨めな姿なのだけれど、彼自身の感覚が薄ぼやけてしまっているのか、感情に乏しい顔をしており、痛みさえも感じているのかどうかも判《わか》らない。どうして彼は態々《わざわざ》毎日、この息苦しく、騒々しい、蹴りたがりの多い教室へと嗜《すき》このんでやってくるのだろう。少年が、この場に適合できる生き物でないことは誰が見たって明瞭《あきらか》なのに。

ただ、それだけが、この時の明智少年と、ぼくの関心事だった。

やがて、木偶たちが蹴るのに厭《あ》きて散っていくと、そこには、児童《こども》に土中から掘り出され、白日《はくじつ》の下《もと》で寒々しそうに肌身を丸めている幼虫のような、白弱《はくじやく》な少年だけが残される。明智少年は彼の傍へと近づいていった。

四辺《あたり》には紙片が散らばっている。群がっていた木偶たちが、「誰と暗号ごっこしてんだよ」と彼の筆記帳《ノート》から破りとったものだ。拾った一枚に目を落とし、「ほう」と声を漏らした。

「これ、お前が書いたのか」

床の上で丸くなっている少年に訊ねると、ぎゅっと身を縮こまらせる。石の下に棲み隠れる馬陸《やすで》みたいだ。白い少年は、タイルに頬を押しつけた儘《まま》で一点を凝視《みつ》め、動かない。答えない。ヘッドホンをつけているから聞こえていないのかもしれない。

「お前、面白いことをしているな」

明智少年は初めて人を褒めた。同年代の人間に自分から声をかけたのも、この時が初めてだった。彼にそうさせたのは、紙片の中に書かれた数式だった。それは中高生が踏み入れるような領域の計算式ではなかったのだ。屹度、この学校の教師でさえ、一度も触れたことのないような。

白い少年はヘッドホンをずらし、雨にぬれ濡《そぼ》つ仔猫《こねこ》のように薄命な表情をもたげる。

「不思議だな。君は僕を蹴らないんだね。それとも、これから蹴るのかな」

「お前を蹴る意味なんてあるのか」

「人によってはね。彼らには僕が目障りなんだ。充分な理由だよ」

「俺には理由になんぞならない。どっちかといえば、さっきのやつらのほうが目障りだ」

「ありがとう」白い少年は微笑《ほほえ》んだ。「じゃあ、僕なんかに構わないほうがいいよ」

「それは俺が決める」

明智だ、と名告《なの》った。

「明智小五郎。お前は?」

「僕の名前を訊いているの?」

白い少年は困惑していた。屹度、こうして人から名を教わり、名を訊かれることなんて、今までなかったからだろう。それに加え、明智少年は表情も話し方も愛嬌ってものがまるでない。人と繋がろうという雰囲気じゃない。そのへんは昔《まえ》から変わってないんだな。

「すまんな。誰の名前も知らないんだ」

「ううん。僕は……浪越諒。別に覚えなくてもいいよ」

「一度聞けば忘れない。浪越、お前と話してみたい」

「え。僕と？」

「他に誰がいる。まあでも、お前次第だがな」

そういうと明智少年は手を差し出す。それは、お前となら繋がってもいいという意思の表れだった。

これが、明智少年と浪越少年の出会いだ。


次の授業のことなど構わなかった。困惑に躓《つまず》き、躊躇に足を掴まれる浪越少年の手を引いて、半ば無理やりに図書室へと連れていった。この場合、招いたというほうが適切かもしれない。だって、授業時間の図書室は、明智少年だけの空間《もの》なのだから。そこに初めて、他者が入るのを許したんだ。これは明智少年の中でも、とても稀有なことだったに違いない。

浪越少年の表情には、困惑や躊躇や興奮が綯《な》い交ぜになっている。彼にとっては、まるで異世界へ導かれたようなものだ。授業時間内の図書室なんて、決して訪れることのない禁断の場所なのだから。

明智少年は、午前の白い陽が照り付ける窓際の席へと案内した。机には明智少年が築いた書冊《ほん》の山がある。山といっても天を突く巨峰というわけでなく、緩やかな稜線を描いている。窓から射す陽が遮られぬよう、このようにしているのであって、自身の座る位置を囲む形で、程よい具合に平たく積んでいた。

「ここは陽が当たって暖かい。午睡《ひるね》には最適だ。座れよ」

明智少年は座ると、隣の椅子を引いて促した。浪越少年は勿体なげに、ゆっくりと腰を下ろした。「いいだろ」と訊く明智少年に、「うん。いいね」とぽつり、浪越少年が返す。

「そうか、君だったんだね。うちのクラスの不登校生《ゆうれい》は」

「そういわれているのか。毎日、図書室《ここ》には登校しているのにな」

「すごいね。僕にはできないな」

「すごい？　別にすごいことはない。勝手にやっているだけだ」

「それがすごいんだよ」

浪越少年は心から感心しているようだった。陽が染みて温《ぬく》くなった机を指先で撫で、うん、うん、と小さく何度も頷いている。

「それをいうなら浪越、お前もなかなかなもんだ。カオス理論を弄《いじ》って遊んでいる中学生なんて、初めてお目にかかる」

「あの数式を見ただけで、その名が口から出る人になんて初めて会ったよ」

「あんな化け物みたいな数式を自分のものにして、魔法使いにでもなるつもりか」

ふふ、と微笑《わら》うと、浪越少年は机と同じくらい温まった書冊《ほん》の中から一冊を抜き、細めた目で書名をなぞる。

「まさか。数式から導き出されるのは特殊な力じゃない。可能性の証明だよ」

「だが、可能性が証明されるということは」

「うん。そうした未知の力を生みだすことも可能《できる》かもしれない」

「やはり、退屈しないな。続けろ」

「なにを続けたらいいかな？」

「なんでもいい――だと困るよな。よし、じゃあ、浪越、お前の肯定できないことは？」

なにやら、難しいことを質問しだした。明智先輩はぼくにも時々、こんな難しい質問を投げかけてくることがあるけれど、あれは別に意地悪をされていたわけではなかったんだ。こういう質問をしたくなる、変な癖がある人なんだ。

浪越少年は薄笑みを俯かせると、少しのあいだ、うーんと唸ってから口を開いた。

「否定的な肯定かな。Ignoramus et ignorabimus《イグノラムス・イグノラビムス》――《我々は無知である、そして、無知であり続けるだろう》――ぼくは、この言葉に反感を抱いているんだ」

「科学の限界を示した言葉だな」

「さすがだね。でも、数学には、限界はない。人間はすべての数学の問題を解くことができる。そう主張したのはヒルベルトだったかな。僕も同感だ」

「浪越、お前はもっと前から、俺とここにいるべきだった」

浪越少年は「え」と顔を上げ、明智少年を見つめた。

「もっと聞かせろ。お前の話なら、一日中聴いていられそうだ」

そうか。この時、明智少年は、先輩は見つけてしまったんだ。

自分と対等の存在。対等な知能を持つ者を。

つまりそれは、初めての友。

※

それから図書室では、二人の姿が見られるようになるんだ。

ここからの記憶の光景は、想見《み》ていて羨ましくなるほど、眩しくて、温かいものになる。

陽の当たる窓際の席で二人は、数式の迷路を彷徨《さまよ》った。先人たちが築きあげてきた叡智の神殿を破壊《こわ》すために。フィボナッチの螺旋階段。逆説《パラドクス》の回廊。ヒストグラムの列柱。∴《ゆえに》と∵《なぜなら》のタイル様式《パターン》。徹底的に解体し、再構築する。先人が限界と定めたその向こう《さき》を見つけることができれば未知の数式が展開され、この世の誰も知らない領域の存在を証明できる。

二人は迷宮的な数学に没頭するだけでなく、こんな遊戯《あそび》にも耽《ふけ》っていた。

「では明智君、今日は《1＋1》について考えてほしい。小細工なしで、求められる和を《2》と答えてもらうとして、さて、この答えで疑う余地のない絶対的《アブソリュート》な証明をしてみてはくれないか」

「神さえも覆せない、絶対証明ってやつだな」

「非数学的《ナンセンス》で笑える解答を期待するよ」

「俺にユーモアのセンスがないのを知っているはずだが」

「極地の観測隊でも笑ってくれるような答えがいいな」

「となると、こいつは時間がかかるな。俺からも出題しておいたほうがよさそうだな。よし、『ウォーリーをさがせ!』だ。まず、あの世界に俺たちと同じ感覚の時間の概念を与える。そのうえでウォーリー以外の人間の数を算出してみろ。いいか、ウォーリー以外の人間をすべて数えるんだ。わかっているとおもうが、絵本の中からウォーリー以外に登場する人物を一人一人数えるわけじゃない」

「うん。ウォーリーがあの世界で生きていると仮定するならば、他の人たちも生きていると当然、仮定する。時間は今こうしている間にも動いているよね。絵本の中に描かれている光景は、彼らの時間の中の一瞬を捉えているにすぎない。次の瞬間には絵の中から消えている人と、絵の中にはいなかった人が存在するはずだ。ならば、絵本に描かれていない、すべての人物を数える必要がある」

「某国で天才と謳《うた》われた八歳の子供は、地球の総人口《ひく》ーウォーリーで計算したそうだ。発想は悪くはないが、死亡表《モータリティー・リスト》を取り入れてほしかったな。秒毎の死亡・誕生者、生存継続期間を計算には入れていなかったんだ」

ぼくには、このふたりの会話の内容の意味なんて理解《わか》らない。正直、珍紛漢紛《ちんぷんかんぷん》だ。でも、理解《わか》らないけど、伝《わか》わるんだ。これは、愉しいことなんだ。ぞくぞくする遊戯《あそび》なんだ。

※

授業時間中に浪越少年が抜けだすことは、彼の性格上、到底《とて》も無理なことだろうから、午《ひる》休憩《やすみ》や授業終わりになると明智少年のほうから迎えにいった。そうでもしなければ、浪越少年を殴ったり蹴ったりしたい嗜虐的《サジスチック》な木偶たちに群がられてしまい、貴重な時間を毟りとられてしまう。そんな無駄なことは堪《たま》らない。一分、一秒でも時間が惜しかった。時間など、いくら有っても足りない遊戯《あそび》だからだ。

二人きりの図書室でおこなわれていた秘事《こと》は、所在《あらゆる》可能性の証明。その証明により、《社会の変質》の可能性を導きだすことだった。

具体的には、数式を使って構築・再現した、ぼくらの社会と略《ほぼ》、差違《ちがい》のない仮想社会を数式上に生み出《い》だし、その社会の理《ことわり》を理想通りに変質させることが可能《できる》か如何《どう》かを模擬《シミュレーション》するんだ。仮想社会にとって、数式に携《かか》わる二人は、未来の啓示、創造、破壊を自由に選択実行できる、全知全能の存在、即《すなわ》ち神だ。この膨大な数式を解き、証明することができれば、先人が想い描き、夢想した理想郷《シャングリ・ラ》だって、現実社会に作り出すことが可能かもしれないんだ。

「そんな夢のようなことが、可能《できる》だとおもうか」

「夢こそ、まことだよ。明智君」

「なぜだろうな。その言葉に《クレタ人の嘘《クレタン・ライアーズ・パラドクス》》をおもいだす」

「エピメニデスだね。『この話は嘘だ』――これを真とするなら偽となり、偽とすると真となる。いつ、なにが、逆転するかわからない」

「それにしても、わりと無茶をする奴だったんだな、お前」浪越少年が向かうノートパソコンを呆れた目で見る。「大企業のネットセキュリティを掻い潜って、スーパーコンピューターをクラッキングするとはな」

「膨大な数式の演算を肩代わりしてもらっているだけさ。セキュリティの修復は侵入の二秒後に終わらせているから、記録だけ消してしまえば気づかれもしないよ。まあ、無料《タダ》で借りるのは少々、罪悪感があるけれどもね」

「そんなものは感じなくていい」

浪越少年の肩に腕をまわし、ノートパソコンの画面を覗きこむ明智少年の瞳には、スクロールする数列や記号が映っている。

「しかし、これで少しは楽になるな。まあ、それでも太平洋のど真ん中で、目隠しをされて小妖精《こびと》の隠し財宝を探しているみたいなもんだが」

「確かに途方もないよね。でも、愉しい。違うかい」

「そうだな」

明智先輩、本当に愉しそうだな。

ぼくは、ただの聴衆《ききて》に過ぎないのだけれど、この宝石みたいな記憶の光景は在々《ありあり》と目にも視えていた。記憶《おもいで》を語る明智先輩の表情に、その光景が浮かんでいたからだろう。

「見てよ、明智君。演算の結果がどんどん届いている。これは僕たちの見つけた、新たな可能性《ポシビリティ》だよ」

「——悪くないな」

「悪く、ないかい」

「ああ、及第点だ」

浪越少年は「よかったよ」と胸を撫で下ろし、心の底から喜んでいるようだった。明智少年に認められることが、彼には何よりの幸福だったんだ。

「ありがとう。到底《とて》も一人じゃ無理だった」

「お前一人でできたさ」

「ううん。僕の取りこぼしや欠けているところを、すべて見つけて修復してくれた。君と一緒だからやれたんだよ、明智君」

授業開始前の早朝、休憩時間、放課後。持てる時間のすべてを、この数式遊戯《フォーミュラ・ゲーム》に注ぎ込んだ。二人だけの図書室《きょうしつ》で、二人だけの数学の時間。どんな読書体験よりも有意義だった。二人は退屈な現実《にちじょう》を夢のような時間《ひととき》へと変換したんだ。

けれども、浪越少年には変えられない現実もあった。瞼を抉じ開けられ、夢から叩き起こされて、その現実に引き擦り出されると、そこに待ち構えているのは赤黒い地獄。彼を責め立てたくて仕様がない獄卒《おに》たちが嗤っている。彼が廊下を歩いていると、それは恰好の飛び蹴りの的となる。巧く背中の真ん中に足がめり込み、彼が勢いよく倒れたら大的中《おおあたり》。俺も俺もと鬼が背中に飛んでくる。蹴りをはずした鬼は、お前が動いたからだと、拳で反省させる。自分の肌身は鬼どもの鬱憤を受け止めるもので、髪の毛は摑み起こされたり、引き摺られたりするために生えるものであり、学生服はみんなの靴の汚れや床の埃を拭い取るために着るものだった。

床に這いつくばって、自分の吐いた唾液交じりの血溜まりを見下ろしていると、その色に世界が彩られていく恐ろしい想像をしてしまう。浪越少年は日に日に、絆創膏や包帯、瘡蓋《かさぶた》や青たんに覆われていく。皛《まつしろ》い綿布《ガーゼ》に染みる赤黒い色が、日に日に、明智少年と過ごす夢の世界へも侵食していくような気がしてならず、彼はなにより、それを恐れているようだった。

※

仮想社会《ヴァーチャル・ソサエティー》を構築《つく》り上げることは容易ではなかった。

仮想とはいえ、現実と同じ社会を構築《つく》り上げなければ、《社会の変質》を可能にする証明材料にはならない。何かが少しでも非現実色《ファンタジー》を帯びれば、それから紡がれる歴史はすべて嘘くさいものへとなっていき、そこからどんな奇跡が生みだされたとしても、不可能性を高めるだけだった。

「確実性のあるものから作っていくぞ」

「それは過去だね」

「ああ、過去は不変だ」

「終わっていることは変わりようがないからね。事実が歪曲された可能性のある歴史も、これで真実の姿が表《あらわ》されるかもしれない」

二人は可能な限り歴史を遡り、数式の上で算出された結果と照合し、証明していくことで、正式な過去の事象として仮想社会の歴史に組み込んでいく。こうして視ていると、ぼくらの生きる現社会は、作られた嘘の歴史の上に成り立っているのだと判《わか》る。何者かの計算によって生み出された理不尽の履行の上に在ることが判《わか》る。暗黒色の絨毯が下地となっている。核問題、宗教紛争、暴力主義《テロリズム》、そんな短い言葉を打ち込むだけで接続網《インターネット》は膨大な量の闇の歴史を吐きだす——爛《ただ》れた思想を掲げる独裁政権の樹立、暗殺、暴動、恐怖《テロル》、戦諍《いさかい》、戦争《けんか》、世界大戦《おおげんか》、そこで確かに行われた虐殺、数えられた死者、数えられていない死者、死者にもされていない死者、貧富の格差《Prince and The Pauper》、差別問題《レイシズム》、領空領海侵犯《空と海の奪い合い》、経済重視の生命軽視《キャッシュ・オア・アライブ》、芸術の死、教育の崩壊、破壊と新設《スクラップ・アンド・ビルド》——。過去を塡合《うめあ》わせていくだけでも大変だ。

時間は、いくら有っても足りなかった。

陽が没しきり、夕闇が青黒く染める帰路《かえりみち》を、二つの影が渋々と歩を進めている。

「もっと一日が長ければいいのにな」

「授業を休めよ」

「無理だよ。でも魅力的な誘いだな」

「食い足りないなら、俺の家で続きをやるか?」

「——それは……飛び跳ねるくらい嬉しい誘いだけど、帰りが遅いとだめなんだ。うちは」

「そうか。なら、それぞれ持ち帰って……宿題だな」

少しでも時間を無駄にしたくはなかった。膨大な数式の証明には膨大な時間を要する。学校の時間だけでは無理があった。二人は各々の時間も費やして数式を解き進めていった。

それが二人の関係に亀裂《ひび》と距離《へだたり》を作る要因となってしまったことは間違いなかった。

※

時には、優れた才幹《さいかん》が破滅の扉を開くことがある。後の探偵業に活《い》かされることとなる、罪の臭いを嗅ぎ暴く推理力。そんな力を有したがために、明智少年はこの数式に、ある違和感を抱き始めるんだ。

二人は同じ可能性を見つめ、同じ方向に同じ歩調《あゆみ》で進んでいたはずだ。それに就《つ》いては、ぼくが証人になってもいい。仮想の中とはいえ、二人をずっと傍で見続けてきたんだもの。けれども、それぞれが持ち帰った宿題を照《てらし》合《あ》わせる時、浪越少年が自分と違う可能性を眇《すが》めていることを、明智少年は知ってしまう。

違和感は日を追って、水脹《みずぶくれ》のように、ぶくりぶくりと脹《ふく》れ上がり、やがて、確信とともに異形の輪郭を際立たせていく。宗教画《イコン》の天使のような、あの穏やかな表情の裏に秘《かく》された悪魔の謀《たばか》りに、明智少年は気づいてしまうことになるんだ。

「お前はいったい、なにを作ろうとしているんだ、浪越」

陽だまりの図書室は、この日に限っては雨濁《あまにご》りで、地下書庫のように仄暗かった。雨垂《あまだ》れに溶かされた窓は、一筋の光も許さない粘着質な色をだらだらと滴らせていた。

「どうしたんだい、そんな怖い顔をして。なにを怒っているんだい？」

「真面目に答えろ。俺たちは、今までなにをしていた？　答えろ」

「いうまでもないよ。数式の解読による社会の変質、その証明じゃないか」

「ああ、その通りだが、この数式は途中から軌道が変わってやしないか？　証明のみに留まらず、実際に何かを引き起こし得る危険な数式に成ろうとしている気がするんだ」

「実在的でなければ、証明にはならないからね」

「実在〝的〟じゃない。お前は実在する社会で、これを証明する気なんじゃないのか」

浪越少年は力《ちから》失《な》く笑うと、首を横に振った。

「まさか。数式はそこまでの力を生みださないよ」

「いいや、力を持てるといったのは、お前だ。忘れたわけじゃないだろ」

「持ち得るといっただけさ。あくまで可能性の話だよ。ねえ、やめようよ、こんなのは」

――厭《いや》だよ。

浪越少年の哀しそうな表情は、水に解《ほつ》れる水溶紙のように脆《もろ》く、「僕は君を裏切ってなどいないよ」と必死に訴えていた。

なんだか視ていて、ぼくは胸が苦しくなった。

「俺の懸念は馬鹿らしいか？　お前の作っている数式は、俺たちのような子供《ガキ》では手に余る代物《シロモン》だ。自然必然性を高めることで事象発生の確率を急激に引き上げ、目的《しようとして》とする大きな事象の連続自然発生へと導こうとする危険な数式《プログラム》だ。お前がなにを目論んでいるのか、暗黒星《こいつ》でなにが出来得るのか、そこまで俺にはわからないが、その薄暗い計画に、知らぬうちに加担させられていたのが、俺はすごく気分が悪い」

明智少年は見つけてしまったんだ。この数式に組み込まれた、所在《あらゆる》確率計算は、ある事象を引き起こすことで、その「期待」と「現実」に偏りが生じる——つまり、その事象さえ自由に引き起こせれば、望んだ「現実」に寄せることができるんだ。誰も気づかなければ、それは偶然の積み重ねで導き出された「現実」になってしまうけれど、そこには綿密に隠された必然化の切替装置《スイッチ》がある。これは未来を予測する数式なんかではなく、未来を操作する数式になり得るんだ。

「確かに僕は、ある個人的な想いを数式に込めている。概《おおむ》ね、その想いも成し遂げられそうだ。後は一個目のドミノを倒す程度の、ほんの少しの力があればいい。ぽん、と軽く押すだけのね。でもその一個目のドミノを倒すのも、予定されていることではなく、あくまで《偶然》によるものなんだよ」

「欺瞞だな——いえよ、浪越。お前は俺をも利用し、なにを生みだそうとしている。これが、お前の作ろうとしていた悪魔《デモン》——暗黒星なのか」

「利用だなんて……そんなこと、いわないで欲しいな。明智君には嘘をつかないよ。暗黒星は、まだ完成していない。でも、それほど遠くない日に完成するだろう。きっと、君は喜んでくれる。君を喜ばせたくて、愉しんで欲しくて、僕は数式を解き続けてきたんだからね。

僕は君を裏切ったつもりなんて、これっぽっちだってないんだ。だって、こんなに愉しい時間を共有してくれた君を、どうして僕が裏切るというんだい？」

縋《すが》りつく浪越少年の目を、明智少年の目は突き放した。

赦せなかったんだ。一緒に過ごしてきた時間に、嘘をつかれたような気がして。

「端《はな》から俺に〝爆弾作り〟を手伝わせたのか。それともだんだんと、作って眺めているだけじゃ、満足できなくなったのか？」

「お願いだよ、明智君、どうか、そんな顔をしないで、お願いだよ」

「浪越、数式を――暗黒星を無《ゼロ》に還すんだ」

明智少年の出した助け舟だ。一旦、無《ゼロ》にし、再《また》一緒に作り直すぞ。そういって、手を差し伸べているんだ。でももう、遅かったんだ。浪越少年の目に、その手は届かなかった。パソコンの画面《ディスプレイ》に間断《かんだん》なく流れる数式が、どうしようもないほどに刻みこまれてしまい、とり憑《つ》かれ、精神《こころ》に焼きついてしまっていた。口元には薄い笑みさえ浮かび始めていたのだから、明智少年は彼を取り戻しようがなかった。

「理解《わか》るよ、明智君。仮想《ヴァーチャル》世界で起こる架空の事象を、数字や記号の並びで眺めるのも愉しいだろうね。でも、僕は暗黒星がどんどん完成へと近づくにしたがって、社会の変質は本当に可能で、現実的にも絶対に必要なことだという確信が見えたんだよ」

「とんだ改革者《リフォーマー》が現れたもんだ。それとも毎日蹴られ過ぎて、とうとう頭がどうにかしちまったのか」

浪越少年の口の端に、つぅ——と、血の筋が下《くだ》った。

「そんないいかたは止めてよ。悲しいじゃないか。少しだけ、少しだけ僕は風向きを変えたかっただけなんだ」

「いいか、社会の変質は個人が起こすことじゃない。時代が起こすんだ」

「この社会が患った病を治療できる良薬が見つかったのに、新薬の認可みたいに、愚かしく、何時までも待つのかい。そのあいだに萎《しお》れていく花は、どれだけあるんだろう。矢張り、明智君には、直ぐにでも見てもらうべきだ。未完成の暗黒星でも、社会の変質を充分、引き起こすことができるということを」

浪越少年は机上に開かれているノートパソコンに向くと、キーを素早く打ち始める。

「なにを生みだそうとしているんだ、浪越。おい、聴いているのか」

画面《ディスプレイ》から数式が消え、旧時代の多角形擬人記号《ポリゴンキャラクター》を操作する電脳遊戯《コンピューター・ゲーム》に替わっている。顔に《A》から《Z》までが書かれた複数の白い擬人記号《キャラクター》が並び、その中の一体《A》を、浪越少年の操作する赤い多角形《ポリゴン》が攻撃して消す。すると、青い多角形《ポリゴン》《a》が二体生まれ、それぞれ白い《B》と《C》を消す。今度は赤い多角形《ポリゴン》の《b》と《c》が二体宛《ずつ》現れる。鍵盤楽器奏者《ピアニスト》のような繊細な指がキーから離れても、画面《ディスプレイ》の中では赤と青の擬人記号《キャラクター》が増殖していく。

「この数式によって生み出されるのは、新たな概念だよ」

「浪越、お前、まさか……」

「――自然派生的に拡大していく現代の民間伝承《フォークロア》。社会に蔓延《はびこ》る、駆除すべき害虫どもを恐怖させる《死神の舞い《ダンス・マカーブル》》。暗黒星から生まれ落ちる腐敗社会の表象《アトリビュート》。人形《ひとがた》の現象。その名は――」

エンターキーを叩くと、赤と青は混じりあい、画面《ディスプレイ》一面が滅紫《けしむらさき》になると、そこから、ぬるりと髑髏の相《かお》が顕《あらわ》れる。

「怪人、二十面相」

※

荒唐無稽。中二病。妄想を拗《こじ》らせた偏執症《パラノイア》。他になんという可《べ》きか。

中学生とはいえ彼らは、数学者の墓標《すうしき》を幾つも築きあげてきた悪魔に挑み、それを完成させる、させないの話ができるだけの知能を持っている、凄い人たちなんだ。

それがどうだ。暗黒星だの、怪人二十面相だの、痛々しい単語《ワード》が飛び交う、まるで童蒙《こども》の戯言じゃあないか。もしもこの時、ぼくが二人の〝喧嘩〟を傍で見ていたのならば、屹度、こうおもったことだろう。オヤ、交情の濃《こま》やかな二人の虚弱男子が、好きな漫画の話題で揉めているぞ、と。

でも、ぼくらはもう知っている。二人の会話に出てくる変梃《へんてこ》りんな鍵語《キーワード》が、現在《いま》どれだけ社会に影響を及ぼしているのか、誰もが知っている。

ここまでが明智先輩の語る過去《むかしばなし》の前編だ。

後編を語る前に、明智少年と浪越少年のいるこの図書室から、少しだけ外に出てみよう。

二人の〝喧嘩〟の後、社会では、こんなことが起きていたんだ……。

【小林、明智の過去を視る——《原初《オリジン》》怪人二十面相】

暖かな陽だまりの図書室は、長く続いた雨のせいで仄暗く冷え込んでしまった。

その頃、接続網《インターネット》上では、怪人二十面相を名乗る者の演説動画が話題となっていた。


画面の両隅で躍《おど》動る炎。沈黙を劈《つんざ》く、爆《は》ぜる音。重たげな黒い暗幕《カーテン》。

その中央に直立不動で佇む、髑髏の覆面《マスク》をかぶった白い外套《コート》姿の怪人。

「うつし世はゆめ、夜のゆめこそまこと」

怪人の演説は、この一説から始まる。

変声機により低く籠《こも》らせた聲《こえ》。落ち着いた紳士的な語調《トーン》。

「諸君、この社会の住み心地は如何《いかが》かな。幸福に暮らせているだろうか。息苦しくはないだろうか。抑圧され、奪われ、冷遇されてはいないだろうか。あなたの居る場所は自由か。そこに苦しみはないか。重たい鉄《くろがね》の枷《かせ》はついていないか。生き甲斐はあるか。逃げ場所はあるのか。

諸君に問いたい。正義とは、果たしてなにかを。正義とは、警察のことか。法律を指すのか。裁判官《ジャッジ》か。将又《はたまた》、政府をそういうのか。どうだい、答えられるかね。

諸君、辞書に答えを求めても無駄だ。そこに書かれてある答えは、現代の我々の社会に適用できる正義ではない。プラトンもアリストテレスもマルクスも、なんといっている？　答えをいってしまえば、この社会に正義などという語は存在しない。正義は死んだのだ。滅んだのだ。諸君が正義だと信じているものは、正義の皮をかぶった別のものだ。罪に対し、公正な裁きを与えるという単純明快なシステムでさえ、この社会は崩壊している。盗んだ者、騙した者、壊した者、殴った者、犯した者、放棄した者、精神的苦痛を与えた者、殺した者。彼ら罪人は公正な裁きを受けず、罪の枷をはずされ、社会を自由にのさばっている現実だ。傷つけられた無辜《むこ》の者たちの訴えは聞かれず、ただ泣き寝入りをするしかない現状だ。我々は罪に対し、沈黙を強いられている。すなわち、罪ある者が生かされ、罪なき者が殺されている。そんな社会に、正義などという崇高な言葉があるものだろうか。見よ、知恵ある悪は得をし、正直な善は損をする。狡賢《ずるがしこ》い詐欺師は金で赦しを得るが、堅実な貧乏人の訴えは黙殺《ころ》されている。ああ、素晴らしき哉《かな》、愛すべき我々の不平等社会。

見たまえ。私の貌《これ》は覆面《マスク》だ。この覆面《マスク》の下には、心無き者から受けた複数の深い傷がある。たくさんの血が出た。痛かった。怖かった。死を覚悟した。絶望した。骨に達する傷もあった。私は複数の人々の目の前で傷つけられたが、誰も私を助けては呉れなかった。そして、私は死んだ。一度死に、そして地獄から蘇ったのだ。この髑髏の相は、正義の死を表す。

　私を殺した者たちは罪人にされなかった。今も伸々《のうのう》と、幸せに、嗤いながら生きている。いずれ、私のことなど忘れ、多くの人と出会い、妻を持ち、子を授かり、よき父親だといわれる。人を殺した人間が、よき父親と呼ばれるのだ。

　彼らはなぜ、裁かれないのか。そうだ。この社会に守られているからだ。遊び半分で骨にまで達する傷を人に与えても、この社会では罪にならないのだそうだ。イヤハヤ、大した社会ではないか。

　おもいだしてみて呉れたまえ。加害者、被害者と呼ばれし者たちのことを。

　殺される、助けてほしい。異常追跡者《ストーカー》被害を再三訴えていたあの少女は、果たして救われたのだろうか。否《いいや》、事件が起きるまで警察は動かなかった。なにもしなかったのだ。少女はどうなったか？　その異常追跡者《ストーカー》は本懐を遂げ、血の付いた凶器を持って潔く出頭してきたそうだ。どうか、警察を責めないで欲しい。彼らはルールを守っただけなのだ。

　執拗な虐《いじ》めに苦しめられ、思い悩んだ末に高層建築物《ビルディング》から飛び降りた、あの小学生の男子児童の無念は晴らされたのか。否々《いやいや》、とんでもない。虐めなどなかったのだ。なぜなら、学校側は『イジメはなかった』と主張し、市の教育委員会も『イジメは確認できなかった』と認めたのだ。それはさぞかし、虐めはなかったことであろう。虐めた児童は万々歳だ。学校や市から守られ、占《し》めたもんだと北叟笑《ほくそえ》み、屹度今ごろは次の標的を探しているに違いない。

未成年の少女に性的暴行を振るい、抵抗されたため、首を絞めて死に至らしめた、あの無職の男は、さすがに重罰を受けるべきだろう——待ちたまえ。それが、そのようなこともないそうなのだ。心を司《つかさど》る部分の螺子《ねじ》が一、二本抜けていることが判明《わか》ったらしい。そうなれば罪にはならないのだそうだ。無論、釈放される。こんな幸運を拾って、彼は反省などするだろうか。自分は殺人を許される特別な存在だと勘違いし、再犯しないと誰がいえるのかな。

大切な一粒種の娘を殺され、その首を玄関前に転がされた両親の悲しみと憎悪は如何許《いかばか》りか、想像できようか。首を切断された娘の顔と名前は全国放送で公開され、憎《に》っくき犯人は未成年であるという理由だけで、顔も名前も世間にはまったく公表されず、在ろうことか、更生を望まれて数年後に釈放される予定であると知った時の両親の無念はどこへゆく？

斯様《かよう》に現代日本は罪には寛容で、弱者・被害者に鞭《むち》を振るう社会になってしまった。虐めによる自殺があったにもかかわらず、虐めをした生徒や虐めを黙認した教師が重罰を与えられない社会はおかしい。家族の未来を奪われたのに、奪った者に未来を与えるのは如何《いかが》なものだろう。大切な者を奪った罪人に、どうして復讐してはいけないのか。家族を無残に殺されたのに、犯人の家族を無残に殺すのは、どうして駄目なのだ。

私たちは現在《いま》、矛盾と理不尽の上に生かされている。正義ではないものを、無理やり正義なのだと教え込まれ、言いくるめられている。なんて悪夢だ。そう、これは、悪夢なのだ。

――呑まれるな、悪夢に。受け入れるな、現実を。こんな世界、現実などではない。偽物。まやかし。虚実だ。おもいだそう。あの頃を。幼き頃、理想《ゆめ》に見た世界を。正義が勝ち、悪が滅びる、あの頃では当たり前だった勧善懲悪《かんぜんちょうあく》の社会は、もはや、当たり前ではなくなってしまったのだ。今からでも遅くはない。その理想《ゆめ》を我々で取り戻そう。理想《ゆめ》を取り戻すためには、なにをする。先ず、我々は悪い夢から覚めなくてはならない。我々は悪夢を見続けているのだから。この夢を、現実《まこと》にしてはならない。

今より十二時間以内、私は一つの悪夢を社会から消す。その悪夢の名は、朝津信一郎《あさづしんいちろう》、三十二歳。強姦致死という赦されざる罪を働いたが、精神鑑定の結果、先日、釈放された。報道はされていないが、殺害された被害者の母親は、絶望の果てに自らも死を選んだそうだ。こんなことが、現実にあってはならない。これを悪夢と謂わずして、なにを悪夢と謂おう。私は必ず、朝津信一郎に《断罪》を執行する。聞くがいい。赦されざる罪人、朝津信一郎。そして、罪を犯し、裁きを受けていない者。また、これから罪を犯す予定の者。覚悟をするのだ。貴様らの心臓を、死が指さしている。予言しよう。お前ら罪人の未来は、何ひとつ確定しない。この髑髏が目の前に現れた時、お前らの歴史と心臓は終止符を打つ」

二つの炎は同時に消え、完全な闇になる。

泥海《どろうみ》から浮き上がる泡《あぶく》のように髑髏が闇に、ぷぅかり、と浮かび、最後にこう告げる。

「私は二十面相。償いを知らぬ罪人は、この名に怯えるがいい」

当初は愉快犯、或いは、お騒がせ好きな動画配信者《ユーチューバー》の創作《フェイク》だとおもわれ、半ば無視されていた。だから、それほど話題にもならなかったのだけれど、四時間後に新たな動画が公開されると、世間の反応は一転した。

「うつし世はゆめ、夜のゆめこそまこと――諸君、私は……否《いや》、私たちは先刻、真の正義による裁き、《断罪》を執行した。私たち、そう表現したが、これは喩えではない。所在《あらゆる》人たちの協力があったのだ。協力者たちは、《断罪》の刃が罪人の首に届くよう、とても重要な情報を提供してくれた。感謝する。罪深き男は、私たちが追い詰めたのだ。怪人二十面相は、罪を赦さぬ者、すべての名である。いうなれば、私たちだ。即ち、あなたたちだ。

偖《さて》、これより先の映像は《断罪》である。観る人によっては残酷な光景として映るかもしれない。しかし、これよりも非道《ひど》い、残酷で理不尽な現実が我々の世には蔓延っている。無理な視聴は勧めない。だが、これを視聴する者は、どうか、目を背けないでほしい。罪は裁かれるということを、多くの人々に知って欲しいからだ」

映像は漆黒に塗り潰される。ぽかり、と暗闇に黄色い穹窿《ドーム》が浮かぶ。その中には、細長い床机《しょうぎ》に仰向けの状態で寝かせられ、手足を拘束された朝津信一郎の姿がある。

涙と洟《はな》と涎《よだれ》で顔をべたべたと汚し、無様に赦しを乞うていたけれど、その声は電気丸鋸《サーキュラーソー》の鋸刃《のこば》の回転音により掻き消された。彼は三枚の刃を犠牲にしながら、漫画表現のように股から真っ二つに切り裂かれた。

「《断罪》は執行された。私は再《また》、現れる。裁くべき罪人の名を携えて」


作り物にしては手の込んでいたこれらの動画は、直ぐに電脳域利用者《ネット・ユーザー》の目に留まり、Facebook《フェイスブック》、Twitter《ツイッター》、その他の各SNS《ソーシャル・ネットワーキング・サービス》で、あっという間に拡がっていった。

当時、ぼくはまだ小学生で、羽柴君家《ち》のパソコンで、この動画を視聴《み》たんだ。ぼくは全然大丈夫だったのに、羽柴君ときたら、ぼくに見せないようにと目を隠そうとしてきて、こういうのが苦手な本人のほうは真面《まとも》に見てしまい、かなり凹《へこ》んでいたっけ。

当然、警察が動きだし、信憑性《しんぴょうせい》などを検証するために報道も大々的にされ、国民が初めて二十面相の名を知ることとなる。やがて朝津信一郎の死体は港湾区域の大型容器《コンテナ》の中から発見され、警察は髑髏の怪人、二十面相を追うこととなるんだ。

この第一の二十面相の、その典型的ともいえる劇場型の犯行主張《アピール》は、ぼくらの社会には、かなりの効果《ききめ》があった。接続網《インターネット》では、二十面相を支持する書きこみが止まらなかった。怪人はたった数分の動画で、一部の国民の心を摑んでしまったんだ。怪人が後に《原初《オリジン》》と呼ばれて伝説《レジェンド》となるのは、もう少し先の話だけれど。

二十面相は《断罪》という名の社会の浄化と、その動画の配信を継続《つづ》けると、公然たる態度で宣言する。社会が裁かなかった罪人を猟《か》り、接続網《インターネット》を使った現代的な公開処刑をするというのだ。こんなに焚きつけられてしまっては、退屈な世に倦《う》んでいたぼくらが興奮しないわけがないんだ。巧いこと、やられたものだよ。

電脳域《ネット》上では早くも、怪人二十面相の信奉者《フォロワー》が現れはじめる。怪人の行いも罪であると野暮なことを糾弾する者も出てくるには出てきたんだけれども、その数倍、数什倍《すうじゆうばい》の数の追従者《フォロワー》に叩き潰されてしまうんだ。二十面相を正義の断罪者であると讃える者は、想像以上に多かった。

二十面相のかぶっている髑髏の覆面《マスク》は、量販店で売られている万聖節前夜祭《ハロウィーン・グッズ》の玩具だった。この動画で当該商品はものすごい人気となり、生産が間に合わないほど売れ、どの店舗も品切れだった。ぼくも一寸《ちよつと》欲しくなって、羽柴君に少しだけ「入手できないかなぁ」って、お願いしてみたんだけれど、こればっかりは拒否されてしまったっけ。

そうこうしているうちに、社会的不安を煽る材料になるとして髑髏の覆面《マスク》は正式に販売中止となってしまう。ところが、それが逆に火を点けてしまったんだ。お上《かみ》からの圧力がかかったぞ、となり、国民は警察や政府への反発を強め、髑髏の覆面《マスク》を自作する者まで出てきた。

そんな騒ぎの中、二十面相の第二の予告動画が配信される。

最初の演説動画《スピーチ》ほど長くはなく、《断罪》の対象者は未成年。彼は小学生男児を勾引《かどわか》し、殺害後に遺体をばらばらに解体、装飾紐《リボン》付きの包装《ラッピング》をすると、生誕祭行事《クリスマス・イベント》の会場に設置された樅《ツリー》の木の下に放置した。

「この年少《としわか》き犯罪者の犯行動機は『人を殺してみたかった。小学生なら簡単だとおもった』だそうだ。凄惨な現場の光景と我が子の無残な姿を直視させられ、そのような動機まで聞かされた被害者遺族が心を乱さなかったはずもない。特に親は激しい殺意を抱いたのだ。

大切なものを奪った罪人に復讐したい、仇を討ちたい、殺したい、そう望むことは、異常なことだろうか。果たして、罪深いことなのだろうか。否《いいや》、違う。それが正常な人間の精神というものだ。重大な罪を犯した少年が反省と後悔をする間もなく、社会へと戻されたのを知った父親は、復讐をしようと少年の行方を警察に訊ねたが、当然のことながら、どんなに訴えても罪人の情報は教えてはもらえなかった。顔も名前もない、そんな幽霊みたいなものが我が子を無意味に殺し、周囲から逐電《ちくてん》を助けてもらい、罪を赦され、普通の人のように生き続けているなんて、被害者の父親には耐え難いことだった。罪人を生んだ親はなぜ、人を殺し、裁かれるべき我が子を赦すのだろう。なぜ守るのだろう。

犯行をおこなった少年の親が警察になんといったか、知る者はいないだろう。親はこういったそうだ。『うちの子は平穏に暮らしていたんです。人殺しになんてなるような子じゃない。誘惑したんです。あの子を人殺しにしたのは、あの小学生です。どうして、うちの子ばかりが悪くいわれるのですか』――私は、この親も《断罪》すべきではないかと考えるが、それは、同志たちの意思と手に委《ゆだ》ねよう。さあ、二十面相たちよ。同志たちよ。この罪を赦さず、正義の《断罪》を執行するのだ。私はいつでも同志たちとともにある。

——私は二十面相。償いを知らぬ罪人は、この名に怯えるがいい」

犯行当時、中学一年生であり、遠い地に転校していた罪人は、二十面相を名乗る複数の者たちによって接続網上《インターネット》に書きこまれた情報から、報道で守られていた名前、顔写真、移転先、父親の職場の情報を全国に晒されることとなる。秘匿資料として表に出るはずのない死体遺棄現場の画像までもが公開されたのだ。資料を持ちだせる警察関係者が関わっているものとして世間は大騒ぎになった。

そして、《断罪》は、被害者児童の父親の手により、めでたく執行された。

そうなんだ。二十面相は自らの手を汚さなかった。同志に協力を求め、いちばん無念を晴らしたい親に向け、《断罪》するように訴えかけていたんだ。

人々に感銘を与え得る、その巧みで、説得力のある、力強い弁舌を耳にした者たちは、腐敗社会に屈せぬ怪人の圧倒的なカリスマ性と容赦なき《断罪》の執行に陶酔した。自分自身も二十面相の同志となり、また二十面相そのものとなって、悪を滅ぼしているという錯覚に陥り、その協力者となっていくんだ。

この後にも繰り返される《断罪》の予告と罪人の個人情報の漏洩、そして《断罪》の執行。いずれの事件も、執行する二十面相は、予告に衝き動かされた二十面相支持者や、泣き寝入りをしていた被害者遺族だった。

これは後に判明《わか》ることになる、警察関係者しか知らない事実なのだけれど、いちばん最初の《断罪》の執行者も、二十面相本人ではなかったそうだ。家族を奪われ、悲歎に暮れているところを演説動画に衝き動かされた、遺族による《断罪》だったわけだ。

つまり、《原初《オリジン》》怪人二十面相は、自らの手で一度も人を殺していないんだ。怪人の恐るべき力は、その言葉《こえ》で人心を掌握し、どんなに秘匿された情報でも暴いて晒させることだ。

怪人の言葉に感情を衝き動かされるのは、きっと、その言葉に嘘がないとわかるからだろう。

怪人の掲げる正義が、本物なのだとわかってしまうんだ。社会が孕《はら》む、膿《う》み脹れていた不満を二十面相がこうして絞り出すことで、支持者は増えていった。

怪人が雄弁に語る動画は危険だとされ、警察が幾度も視聴できないようにしたが、直ぐに電脳域《インターネット》の広大な海のどこかで復活を果たし、そこに信奉者《フォロワー》が集まった。

社会は真の正義を手に入れ、《断罪》の時代へと突入していくんだ。

【小林、明智の過去を視る――決別の図書室】

徐々《そろそろ》、明智少年と浪越少年の話に戻そう。

世間が二十面相の話題で沸き上がっている頃。

その狂騒の宴の陰に紛れるように、浪越少年の周囲で幾つかの〝事故〟が起きていた。

先ず、国語の教科担任が駅の歩廊《プラットホーム》から転落し、急行列車に轢《ひ》かれて線路上に散らばった。次は学級担任が行方不明となり、数日後、自宅付近の川に土左衛門《すいしたい》となって浮かんだ。

それから程なくして、浪越少年の母親が自宅で入浴中に転倒、打ち所が悪かったのか、そのまま帰らぬ人となり、続けて父親が勤め先の資料室で倒れた資料棚の下敷きになったまま半日以上、誰にも気づかれず放置され、搬送先の病院で死亡が確認された。

下校途中の生徒たちに無人の貨物自動車《トラック》が突っ込むという事故も起きていた。幸運にも、その場にいなかった生徒の一人は別の日、地元の友人と心霊スポットの廃墟を探索中、床が抜けて転落、瓦礫《がれき》で頸部を著しく損傷し、死亡してしまう。なんだ、幸運なんかじゃなかったね。彼と同じ群れ《グループ》に入っていた生徒は、不審火によって自宅が全焼、この日、一人で留守番をしていた彼は逃げ遅れて重体となり、数日後に死亡した。彼と一番仲のよかった生徒は学校の階段に零《こぼ》れていた仮漆《ニス》を踏んで転倒、頭蓋骨骨折による脳挫傷で植物状態。すべて、事件性のない不運な事故としか呼べないものだったのだけれど、これが事故などではなく、殺意という意思が介在しているのを疑っていたのは、さすがだね、明智少年だけだったんだ。

放課後の図書室は、季節で陽の落ちるのが早まったためか、それとも別《ほか》に理由があったのかは知らないけれど、兎に角、薄ら寒くて、仄暗い厭な雰囲気に満ちていた。そこには数式の躍る画面を見つめる浪越少年がいて、か細いその背に明智少年は質《ただ》したんだ。

「数式を実行したな」

浪越少年は何ごともなかったように、普段通りの表情で振り返る。

「うん。現段階で、どこまで実証可能なのかを検証したんだよ。それよりこれを見てよ、新しい類型《パターン》が――」

「自分がなにをしたか、理解《わか》っているのか」

「――試行《テスト》さ。偶然的試行だよ。なんにでも瀬踏《せぶ》みは必要だからね」

「お前にちょっかいをかけていた生徒、見て見ぬふりの教師ら、両親《おや》まで使ってか」

浪越少年は俯き、憂える目を足下にぽとんと落とした。

「本当に残念だよ。みんな、死んでしまった。不幸な事故だった」

「ふざけるな！　そんな、お座《ざ》なりな言葉で俺が納得するとでもおもったのか？」

明智少年の握りしめる拳を見つめ、浪越少年は哀しそうに微笑んだ。

「いいよ。殴っても。君に殴られるのなら、なにも不満はない」

「馬鹿をいうな」浪越少年の視線の先、自分の握りしめているものに気付き、明智少年は動揺を見せた。「俺をあいつらと一緒にするな。ああ、くそ、正直にいってやる。不幸な事故？　どうでもいい話だ。死んで当然のクズが死んだ、それだけのことだからな。俺の気持ちが乱れているのは、そんなことじゃない。理由は他にある……」

画面《ディスプレイ》を見遣ると、明智少年は忌々《いまいま》し気に視線を鋭く研がせていく。

「この数式には致命的な欠陥がある。お前もそれに気づいているはずだ」

「見直すべきところは、いくらでも出てくるよ」

「そうじゃない！　お前が進めている数式は、どこへ辿りつこうとしているんだ。この数式は、ある時点から、異常に、執拗に、あるものを求め始める……この数式は失敗だ」

「どうして、そんなことをいうんだい」

とても哀しそうだ。不運にも事故に見舞われ、この世から失われてしまった幾つもの命を想うときよりも、ずっとずっと深い哀しみに沈んだ表情を、浪越少年は見せていた。

「いっただろ。この数式には欠陥がある。だから失敗だ」

「でもこれは……僕たちが見つけ、育てた、結晶じゃないか」

「失敗は失敗だ！　もう止めろ」

――明智君。

浪越少年は、呻くように呼ぶ。意気阻喪《いきそそう》の瞳に映る、たった一人の友の像が輪郭を失う。

「僕たちは失敗なんてしていないよ」

二人を繋ぐ切っ掛けとなった筆記帳《ノート》を抱え、浪越少年は椅子を立った。

「証明してみせるよ。明智君」

※

浪越少年は学校へ来なくなった。

寂寞《ひっそり》とした乱帙《らんちつ》の図書室で明智少年は一人、数式と向かい合う日々を過ごした。どうして、あれほど止めろといっていた数式を瞪《みつめ》ているのか。ぼくには、わかる。いつの日か、ふらりと浪越少年が立ち寄ることがあるかもしれない。そのときのために、この図書室《オアシス》を残しておかないといけない。そうおもったんじゃないのかな。だって、明智少年の横顔は、面窶《おもやつ》れしているようにも視えるのだ。ぼくの想像の中の明智少年は元気がなかった。浪越少年を失った時間は彼にとって、それほど大きかったんだ。あんなに突き放すような厳しいことをいったけれど、あれは、怒りや憎悪とはまったく遠いところに在った、寧《むし》ろ、離れたくないからこそ出た、明智少年の叫びだったんじゃないのかな。

その頃、世間では怪人二十面相が《断罪》を続けていた。以前にも増して厳格に、無慈悲に、大胆に罪人を裁き、絶対の正義を社会へと誇示していた。

明智少年は疾っくに知《わか》っていたんだ。二十面相は浪越少年なんだって。

だから浪越少年も、明智少年が気づいていることを知《わか》っていた。

ある朝、窓際の席に、見たことのない数式の書かれた、筆記帳《ノート》から破りとられた一頁が置かれていた。その裏には、明智少年への能筆《のうひつ》な言葉《メッセージ》が残されている。

『南の露台、髑髏たちの視線の先で証明する』

南の露台《サザンテラス》——明智少年は図書室を飛び出していた。

明智少年は街を走る。否《ううん》、街を蹴って後ろに飛ばしているみたいだ。護謨《ごむ》臭い区役所通りの道路を、思い出《しょんべん》横丁の細く入り組んだ路地を、地下街《サブナード》の硬く辷《すべ》る通路を、紫煙に薄曇《うすぐも》る広場《プラザ》の吸い殻が塗《まぶ》された地面を、劇場《テアトル》前の踏み均《なら》された土瀝青《アスファルト》を、スターバックス前の黒い歩道を。見慣れた街の光景を蹴って掻き分けていく。普段と変わらない街に、社会の変質が起こっている片鱗は感じ取れなかった。次第に路は人で込み合いだし、人々の視線は段々と一方へと集中し始める。その視線の向く先へと、少年は走った。

人の波に押し返され、それでも掻き進みながら、会話を捥《も》ぎ取っていく。

「二十面相でたってマジ？」「本物だってよ」「ヤバくね」「ネットじゃねぇよ！　新宿にいんの！」「そうそう、今、見に行くところー」「ところでサザンテラスってどこなの？」「警察まだ来てなくね？」「アルタビジョン、ジャックされてウケるんだけど」「え？　どこもニュースやってないの？」「でたよ、報道規制」「なんかすごいことしそうだな」「自爆とか」「やるかな、あれ」「やんだろ、あれは」「あれな、あれ」「《断罪》だろ」「うん、《断罪》」「《断罪》か」「《断罪》だな」「今度は誰かな」「結構、大物とかなんじゃね」「政治家とか」「芸能人かも」「即逮捕されて終了〜なんじゃね」「ねぇ、あれじゃない？」「あ、いた！」「え、どこどこ？」「うお、あれヤバくねぇか」「マジ髑髏なんだ」「結構、若そうだな」

サザンテラスには既に、木偶《やじうま》たちが犇《ひし》めき合って人山を築いていた。明智少年はそこに飛び込んだ。掻き分けても、掻き分けても進まない。僅かにでも隙間ができると、横から人に入られて路を塞《ふさ》がれ、後ろから押され、前から押し返され、まるで人々が故《わざ》と、明智少年を辿りつかせぬようにしているような。

——髑髏たちの視線の先で証明する。

人々の視線は、遊歩道《サザンテラス》と商業施設を結ぶ、甲州街道の上に架かる連絡通路《デッキ》の上へと注がれている。連絡通路《デッキ》に被さる鋼材の骨組みの高みに、ヘッドホンを耳に当て、白い外套《コート》を羽織る、髑髏の貌の人物が片膝を立てて座っている。

明智少年の到着に気付いた髑髏は、ヘッドホンをはずすと立ちあがった。

「待っていたよ、明智君」

変声機で低く落とされた声が歓待の言葉で迎える。

群がる木偶たちは一斉に明智少年へと視線を向ける。

「――浪越か」

「うん、そうだよ」

再び明智少年の前に姿を見せた浪越少年は、屍《かばね》の面《おもて》を俯ける怪人と成り果てていた。

そう、社会の正義を《断罪》の二文字で掻き混ぜている怪人、二十面相に。

「そんなところに突っ立って、なにを証明してくれるつもりだ」

「君になら、わかるはずだよ」

「数式の欠陥と関係があることか」

「ああ、そのことね。君が欠陥といっている、数式の導き出す事象、それは欠陥じゃないんだよ」

「じゃあ、なんだ」

「暗黒星を完成させる、最後の仕上げだよ」

「その最後の仕上げが……お前が《死ぬ》ことだと？」

漸《よう》く、ぼくは合点がいった。明智少年が怒っていた理由だ。ぼくには想像なんてできないけれど、浪越少年の作ろうとしている数式には、そういう危険な転換装置《スイッチ》が隠されていたんだ。それを明智少年が許すわけがない。

「うん、そうだよ。僕の死が、完成させる最後の一片《ピース》になるんだ」

明智少年は、疲れたような顔で首を横に振った。

「こんな結果へ向かっているのをわかっていたなら、俺はお前と数式など解かなかった」

「そんな……そんな哀しいことをいわないでよ」

噎《むせ》ぶような、悲痛な声だった。髑髏の下には、あの哀しそうな、解《ほど》けて、溶けて、今にも消えてしまいそうな果敢無《はかな》い表情があるのかなと、ぼくはおもった。

「終わりだ。浪越」

「これは結果《おわり》じゃないよ……そう。はじまりなんだ」

「はじまりなのに……どうして死ななければならない」

「二十面相は死なないよ」

「二十面相の話はしていない」

「今より二十面相は星になるんだ。そう、暗黒を照らす一等星にね」

芝居めかして語る浪越少年――怪人二十面相は、この頃は既に、ある種のカリスマ性を屹《きっ》立《りつ》させていたんだ。群がる人々は野次を飛ばすことも、囃《はや》し立てることもなく、先刻《さっき》まで好奇に双眸《りょうめ》を艶《つや》めかせ、色めき立っていた人たちは、髑髏の怪人を真っ直ぐに見上げ、その言葉を清聴している。この不思議な光景は動画にも映されているから有名だ。報道番組で専門家みたいな人が、なんたら現象みたいな難しいことをいっていたけど、ぼくには、ライブ会場で贔屓者《ファン》が人気歌手のお喋り《トーク》を聴いているような光景に視えたんだ。あんなに大勢の熱狂的な人たちが犇めき合っている中、いくらマイクやスピーカーを使ったからといって、たった一人の声が会場内へ渡り届くほど静かになることが、ぼくは不思議だったんだけれど、カリスマっていうのは、こういうことなんだなと、二十面相の動画を視聴しながら一人で納得していたんだ。はじめに印象に残りやすい特異な人物像《キャラクター》や、煽情的な言葉《メッセージ》を電脳域《ネット》という場を使って拡げたのが、若年層に効果を齎《もたら》したのかもしれない。怪人は、ある種の人々にとっては特別な存在となって、そういう人たちがこの光景を見れば、仮想世界に等しい電脳域《ネット》から外の現実世界へと顕現した怪人は、奇跡を目の当たりにするのと似たような、すごい存在なのかもしれない。電脳域《ネット》の影響はすごいということだ。

「神にでもなるつもりか」

「神？　そんなもの、この世にはいないよ。僕らが神と呼んできたものは張りぼてさ」

「……お前、浪越……だよな？」

明智少年は、信じられなかったんだ。あの繊弱《せんじやく》な少年の口から出る言葉にしては、あまりに過激なものだったからだ。

「いいかい。この世にあるのは、何処までも延々と続き、パノラマに展《ひろ》がる地獄だけさ」

この時、髑髏は確かに苦悶の表情に歪んだ。苦悶に歪む髑髏なんて、きっとこの世には存在しないのだろうけど、ぼくには、あの覆面の下の表情が外へと溢《あふ》れ出たように感じたんだ。

「この世はおかしいよ。地獄へ行くべき者が、地獄へ行かないのだからね。それどころか、どうだい、罪を償うべき者が《免罪符》や《力》を手にしてしまうこともある。罪人が、なんの裁きも罪滅ぼしもないまま、《罪》を取り除いてもらえる。それが罷《まか》り通ってしまうのなら、もう地獄なんていらないよね？　閑古鳥が鳴きっぱなしだよ。しまいには、地獄の方から現世《こちら》へやってきてしまった。おい、人間界はどうなっているんだ、そんなに善人ばかりなのかってね。そこでも罪人は責めを負う積もりはないんだから、巧く逃げ果《おお》せる。そうなったらもう仕方がないよ、僕らのような弱い人間が罪人の代わりに地獄で責苦を受けるんだ。こんなのはおかしいだろ。だから二十面相は、地獄を在るべき処へ戻す。そして、罪人の腐った魂を地獄へと連れていくんだ。怪人は魂の導き手《プシュコポンポス》の役目を見事務めて見せるはずだよ」

「死んだら終わり《それまで》だ。終わらせたいのか、浪越」

「終わるのは、その浪越という名の弱い人間の物語だけさ。でもね、それは無駄な終わりじゃないんだ。ここで彼の物語《じんせい》が幕を下ろすからこそ、二十面相の名は生き続けるんだよ。予言しよう。浪越諒が舞台を降りた瞬間から、後継者《あとにつづくもの》が現れる。そして、怪人の名と役目を受け継いでくれる。やがて来たる終末――腐敗した世が迎える最後の日だ――再び、暗黒の星《ほし》は地上《ちじょう》へと降りてくる。そのときまで、さようならだ」

この別れの言葉が合図であったかのように、現場《げんじょう》が動きだす。何かを叫ぼうとする明智少年に土筆《つくし》のようなマイクロフォンが四方から突きだされる。

「あなたは二十面相の関係者ですか」「死ぬといいましたが、なんの話をしているのですか」「ナミコシというのが、二十面相の名前なのですか」「その制服は都内の中学校のものですね」「二十面相も中学生なのですか」「彼はなにが目的なのですか」「あなたは止めに来たのではないのですか」

明智少年は無骨な質問と無繊細なレンズの視線、それから人の波に揉みくちゃにされる。

「どけ！ くそ、邪魔をするな！」

警察車両の穏やかでない音が集まってくる。人集《ひとだか》りからは携帯端末《スマートフォン》を持った無数の腕が菟葵《いそぎんちゃく》の触手のように伸び、その中より擡《もた》げる草食動物の頭のような複数台のTV撮影機《テレビ・キャメラ》が連絡通路《デッキ》の上を捉え、各局の報道記者《リポーター》が忙《せわ》しげな口調で報道《リポート》を始めだした。

集団の押競饅頭《おしくらまんじゆう》に巻き込まれ、身動きが取れない明智少年を見下ろしながら、二十面相は徐《おもむ》ろにヘッドホンをつける。

「さようなら、明智君」

「浪越ぃぃぃぃ！」

ボォ、と空気を震わせる音があり、どこから生まれたものなのか、炎が二十面相を包み込んだ。吠えるように盛《さか》る灼熱色の陽炎の中で怪人は黒い影となり、棄て去る腐敗社会を眺めながら、やおら、頽《くずお》れるようにして座り込むと、そのまま永遠に動かなくなった。

※

浪越少年の予言は、直ぐに的中することになる。

サザンテラスの焼身自殺から約一時間後。二十面相の後継者を名乗る者たちが各地に現れ、《断罪》の予告動画をあげはじめたんだ。浪越少年は予言といっていたけれども、これも屹度、数式の中で予測されていた事象なんだろう。計算通りの流れなんだ。

怪人の名前と覆面《かお》は、誰でも自由に掲げられる正義の旗となった。その旗を揚げ、《断罪》と称する罪を犯す者たちは後を絶たない。明智少年は、すべての二十面相の正体を暴いていき、その情報を警察に提供していった。

早くも電脳域界《ネット》では、「因縁の対決！　明智少年vs.怪人二十面相」の構図が描かれ、二十面相の模倣者《ミミック》が現れるたびに明智少年の動向、反応に皆が注目した。祭り上げる者たちの多くは、二十面相支持者だった。

やがて、明智少年の活躍は宮内庁の、とある組織にまで届くこととなり――。

宮内庁公認、不特定未成年――高校生探偵、明智小五郎が誕生した。

【小林、怪人の遺産に挑む】

明智少年の物語は、ここで一旦終わる。

決して何十年も前の昔話じゃない。明智先輩は今だって明智「少年」なのだし、ぼくは実時間《リアル・タイム》で見ていた。それに終わってもいないのだ。否《いや》、寧《むし》ろ、ここからが本当の物語だ。

聴衆を沸かせる極上の娯楽劇《エンターテインメント》が開幕するのは、ここからなのだ。登場人物は、神出鬼没の髑髏の怪人と年少《としわか》き名探偵！　うん、個性《キャラ》もしっかり立っているじゃないか。

自動演奏箱《ジュークボックス》の曲も、気がつけば終わっていた。

ぼくも羽柴君も明智先輩愛用の長椅子《ソファー》に簡素な腰掛け《スツール》を寄せて座っていた。なんだかぼくらは先輩の付属品《オプション》みたいだ。

「じゃあ……明智さんと二十面相は……友人だったってことですか」

羽柴君は戸惑いを隠せないようだ。当然だ。ぼくらは小学生の頃に事件の外側を報道で知っただけなのだ。大衆媒体《マス・メディア》は《断罪》行為を扇動する怪人の正体を、都内在住の未成年とし か報じていなかったけれど、電脳域《ネット》の住人たちのあいだでは当たり前のように浪越諒という男子中学生の名前が濫《みだ》りに蔓延《はびこ》り、個人情報も可成《かな》り漏洩《リーク》されていたはずなのだ。

「友人か。俺にそういうものがいたのだとしたら……そうなんだろうな」

夢のあらましを思いだすように斜め上の虚空を見つめながら茫乎《ぼんやり》呟くと、洋卓《テーブル》に並ぶ珈琲《コーヒー》の缶を摘んでは振って、摘んでは振って、中身を確認しだした。まったくもう、不衛生だなぁ。ぼくは聞こえない程度にぼやきながら接客卓《バーカウンター》まで走ると、奥の冷蔵庫から珈琲《コーヒー》一缶を持って戻り、それを渡した。

「明智先輩が二十面相を追っているのは、浪越さんのためなんですね」

「あいつは死んだ」貝を踏み割るようなプルトップの音が響く。「死人のために生きている者ができることなんて何ひとつない。俺は、俺自身のエゴで二十面相を潰しているだけだ。加賀美と大して変わらん」

加賀美さんには迚《とて》も驚かされたものだ。あんなにも生真面目で仕事熱心だった人が、怪人を名乗り、虐殺を繰り返していたなんて。あの人は、立派な大人だった。ぼくが中学生だからといって決して子供扱いをしなかったし、自分の正義を信じて常に真っすぐで、でも自身に非があることを知れば、しっかりそれを認め、改めることのできる、大人として尊敬できる人だった。妹さんのことは迚《とて》も残念だけれど、昨日まで真っ白だった人が、いつの間にか真っ黒に変貌を遂げてしまうなんて、憎しみとはまったく底の視えない不思議な感情なのだなと、ぼくは熟々《つくづく》おもったのだ。

明智先輩は珈琲《コーヒー》を一口含むと、パソコンのキーボード上に指を滑らせる。

画面《ディスプレイ》に黒い四角《スクエア》が展開し、白抜きの数字や記号が高速の侵略者遊戯《インベーダーゲーム》のように流れていく。黒かった画面は、あっという間に、眩しいほどの白に埋め尽くされた。

「これが、暗黒星……」

仮想の記憶《おもいで》の中、二人の博大《はくだい》な少年を夢中にさせた神話級の数式。おもわず、ぼくはその実物に見入ってしまったのだ。

「浪越が置いていった負の遺産だ。世界の凡《すべ》てが、この数式に内包されている」

「世界が、この画面《なか》に在るんですね。ああ、そうなのか、だから星なんだ」

暗黒星。その壮大な命名に納得しながら、感嘆の息を漏らさずにはおれなかった。眺めているだけなのに、未踏の知の神殿を幻視させる。その迫持《アーチ》を一歩潜るだけで、素晴らしい知的刺激を受けることは間違いない。極上の興奮が味わえることを約束されているのが丁《ちゃん》と伝わってくるんだ。人間はもう、こんな小さく薄っぺらな機械の中に世界を再現することが可能《できる》なんだ！　ぼくは感動すらしていた。

「知り得る限り、集められる限りの過去の事象を入れてある。これがなかなか骨でな。過去の歴史を完全再現したくとも、出発点の零《ゼロ》から始めるのは不可能だ」

「この世が無《ゼロ》の頃を知る人なんていませんからねぇ」

「そういうわけだ。だから、現在から過去へ遡れるだけ遡った。それも数式で導き出さなきやならない。書冊《ほん》に書かれている歴史は嘘だらけで宛てにならんからな」

「これって骨どころじゃないですよ」顎に手を当て、ウムムと唸る羽柴君の眼鏡は、画面《ディスプレイ》の光が真っ白に映りこんでいた。「ようは結果から原因を考えるってことですよね。無茶だ」

「無茶は端から承知。苦労はしたよ。すでに確定済みなはずの過去の事象でさえ、辿って戻るのに一本道とは限らないからな。遠ければ遠いほどに過去は不鮮明なものとなり、歴史の信憑性は薄くなる。薄くなれば誤魔化し様もあるし、嘘や都合が目立ち始め、誤導《ミスリード》という選択肢が複数派生しだす。でもまあ、結果が視えているだけ、まだ楽なほうだ。暗号を解くみたいで面白いところもあるしな」

「俺も数学は嫌いじゃありませんが」羽柴君は呆れたようにいった。「これは、あまりにも規模《スケール》が大きすぎて、気が遠くなるような数式ですよ。暗号を解くなんて軽くいいますけど、暗号化は巨大な二つの素数の積が用いられるものですし、これはその化け物みたいなものです。こんなものを二人の中学生が解こうとしていたなんて、まるで現実味がない」

「ああ、解き方は殆《ほとん》どＳＦ《サイエンス・フィクション》だ」

二人が難《むつか》しそうな会話をしているあいだ、ぼくは画面《ディスプレイ》を這いずって虫《バグ》めく数式の波に、甚《はなは》だ魅入られてしまっていた。この中には、ぼくの知らない過去《むかし》も現在《いま》も未来《あした》も凝縮《つめこま》されているのだ。確かに膨大な数式だけれど、これが人類の総歴史なのだと考えると、割合にちっぽけなものなんだなとおもえてくる。

飲みかけの珈琲《コーヒー》の缶をコンと音を立てて洋卓《テーブル》に置いた明智先輩の手は、今度は薬の空き瓶の列柱の上を彷徨いだす。

「浪越は死の直前まで数式の改良を続けていた。それを俺に遺した。こいつは俺への遺産であり、挑戦状だ。あいつの遊戯《ゲーム》は続いている。その証拠に今も数式どおり、事象《こと》が起き続けている」

「死者の遺した数式が、今も未来を予知し続けているってことですか」

まるで怪談話でも聞かされた子供みたいに、怖々《こわごわ》といった面持ちで羽柴君は訊ねる。

「少し違うな。それじゃ、超常的《オカルト》話になる。浪越は予言者じゃない。暗黒星は《アガスティアの葉》のような奇跡《うそつき》にもなれないんだ」

「でも、じゃあ、どうやって未来なんて知ることができるんですか」

頭のいい羽柴君だからこそ出てくる純粋な疑問なのだろう。ぼくは明智先輩の過去《おもいで》を傍で幻視《み》たからなのか、未来を数式で導き出せるものだとすっかり信じていたけれど、慗《なま》じっか、数学のわかる彼からすれば、数式で将来起こる事象を次々と弾き出すなんて馬鹿げたことは簡単には信じがたいのかもしれない。

「正確な未来予想なんてものは当然ない。勘違いしている者もいるが、未来に起こりうる事象を計算するには、起きるか、起きないかの確率を出すだけでは駄目なんだ。コインの裏と表、どちらが出るかは、それぞれ二分の一の確率だ——という考え方から先《ま》ずは改めなくてはならない。どちらも出ない可能性だってあるのだし、どちらも出る可能性だってある。裏表なんて関係のない、その他の事象が起きる可能性も捨てきれないわけだ。それはもう、俺たち人が既知《きち》すべからざること。神のみぞ知ることだ。ならば、どう未来を知るのか。そう、神となって、未来を予《あらかじ》め作っておけばいい。作り手ならば、未来のことを事前に知っているということになる」

「そんなの……反則じゃないですか」

「そう、こいつは反則《チート》だ」

それが暗黒星という数式《プログラム》の正体。社会を浄化するための恐ろしき計画《プラン》。

──否《いや》、本当にそうなのだろうか。難解で膨大な数式は、果たして緻密に練られた未来社会の設計図だったのか。ぼくには、どうもそうはおもえないのだ。浪越少年なら、命を費やし、この数式を超常的な領域まで育てあげていても、なんら不思議ではなかった。

ところで、明智先輩は、まだ薬を探し求め、空き瓶の上でふらふらと手を彷徨わせている。空《から》の缶や瓶はいい加減、処《す》ててしまえばいいのに、ぼくがそれをしようとすると、途端にムスリとした顔になって、「この儘《まま》でいいんだ」と頑《かたく》なに処分を拒むのだ。自分の時宜《タイミング》で処《す》てたいんだそうだが、放っておけば当然のことながら溜まっていく一方で、確認せずとも本人には片付ける意思など微塵《みじん》もないことがわかる。だから、隙を見てぼくが一寸《ちょっと》ずつ処分しているのだ。一体、今までは如何《どう》していたのかが不思議だ。驚くなかれ、希代の高校生名探偵は、まさかの塵芥《ゴミ》屋敷の主系統《あるじタイプ》だったというわけだ。

見兼《みか》ねたぼくは三分の一ほど錠剤《なかみ》の入っている瓶を見つけると、空き瓶の上を蝿みたいに旋回している手に渡し、「SF的で超常的《オカルト》じゃないって、面白いですね」と口を挟む。

早速、明智先輩は、ちゃっちゃか、錠剤を掌に出している。あーあ、ラムネ菓子じゃないんだから、あんなに沢山飲むのは身体に悪いよ。

「SFと超常的《オカルト》、この二つは同じ絵空事だと勘違いされるが、まるで違う。SFは幻想《ファンタジー》じゃない。未来の可能性だ。現代《いま》は、過去に虚構《フィクション》と呼ばれていたものが普通に実在している時代だろ？　即《すなわ》ち、未来とは過去の虚構《フィクション》が事実《ノン・フィクション》に変質するということなんだ。ただ、超常的《オカルト》は違う。過去でも未来でも、不変の謎が犇《ひし》めいている。謎は解明されない限り、謎の儘《まま》だ。纏《まつ》わりつく嘘《フィクテイシャス》を拭い去ることはできない。拭い去ることができた時点で、それは超常的《オカルト》ではなくなる」

「うーん、なんだかこんがらかってきましたよー」

ぼくは自分の髪をくしゃくしゃと掻き毟る。一寸《ちょっと》、明智先輩の真似をしてみたんだ。物凄《ものすご》く睨まれたけれども。

「——とにかく、数式に超常的《オカルト》は在り得ない。詰まり、数式は正直者ってことだ。幾らか惑わしてくることがあっても、最終的には結果が嘘をつかない。この世でいちばん信用できるもの、それが数式だといって過言ではない。ああ……唯《ただ》、信用はできるが、性格は甚《はなは》だ面倒だがな。特に暗黒星《こいつ》は最悪な部類だ」

そういって画面《ディスプレイ》を顎で刳《しゃく》ると、空き缶を脇へ除《の》けた洋卓《テーブル》の上で数錠の頭痛薬を転がし、砕氷錐《アイスピック》の柄で砕きはじめる。

「数式に性格があるなんて、ぼく、はじめて知りました」

「浪越《あいつ》の言葉を借りるなら、日によって機嫌や性格が変わる。素直なときもあるし、捻《ひね》くれているときもある。急勝《せっかち》な日もあるし、石橋を叩いて渡るほど慎重な日もある」

「でも、それじゃ、困りますよ」羽柴君が抗議めいた声を漏らす。「そんな気紛れな数式、頑張って解いたり証明したりしたって、明日には違うものになっているんじゃ……」

興を削《そ》がれた、というような表情を明智先輩は故《わざ》とらしく作った。

「硬いな。野暮なことをいうなよ、羽柴坊ちゃん」

「なっ、そ、その呼び方、ほんと、止めてください！」

「困りますよ、か。そりゃ困るさ。だが、事実《そう》なんだから、しょうがない。数学は、あらゆる学問の中で最も表情豊かで御天気屋《おてんきや》だ。そして世界一の正直者であり、変人でもある。∴《ゆえに》、愛されるワケだ。といっても、こんな奇妙な学問を友と呼び、溺愛する孤独な者なんて、数学者くらいだがな。数学者と聞くと、偉大なる先人たちのおかげもあってか、皆《みんな》、奇人変人の印象《イメージ》が付き纏うみたいだが、それは強《あなが》ち間違っていない」

「へぇ、数学好きは変人なんですね。だってさ、羽柴君」

「な、なんで俺に振るんだよ……」

「変人だけじゃなく、夢見勝ちでもある。確率論のラプラスは、地球外生命体《エイリアン》の存在を示唆することもあるほど浪漫主義者《ロマンチスト》でもあったそうだ。その辺は浪越に似ているな」

「わあ、浪越さんって浪漫主義者《ロマンチスト》だったんですね。それっぽいです」

うん、印象《イメージ》通りだ。ぼくの中で浪越さんという人は、明智先輩とは正反対の、繊細さの塊のような人の気がしているんだ。そういう人は霊感《インスピレーション》を受けやすい系統《タイプ》が多いから、浪漫主義者《ロマンチスト》というのもわかる気がする。明智先輩はどう考えても鈍感だから、そういうものには、まったく影響を受けない現実主義者《リアリスト》なんだ。だから、面白い二人組《コンビ》なんだろうな。

「浪越も夢見勝ちな妄想少年だったからな。詩歌《ポエトリー》なんかも好んでいた。書くほうでなく、読むほうだがな。詩は表現の数式なんだとか、そんなことをいっていた。そういう独特な感覚を数式にも持ち込むもんだから、あいつは余計に難《やや》こしい」

まるで困った弟のことを話しているみたいな顔の明智先輩を見て、なんだか一寸《ちょっと》、浪越さんが羨ましいなっておもった。

「浪越さんは社会から、罪をなくしたかったんですよね」

「どうだろうな」

「えっ、だってそのための数式ですよね」

羽柴君が驚いた表情で、驚いた声をあげた。声は出さなかったけど、ぼくも屹度、羽柴君と同じ顔をしていた。

「そうなんだが……今考えてみると、本当にそうだったのかはわからん。一緒にはいたが、凡《すべ》ての真意を訊けたわけじゃない。訊けたわけじゃないが、こうして浪越の遺産《のこしたもの》を見る限りでは……いや、俺は、あいつのことを何も知らなかったのかもしれないな」

　頭痛が厳しくなりはじめたのだろう。蟀谷《こめかみ》を押さえ、「痛《つ》っ」と顔を顰《しか》めた明智先輩は、洋卓《テーブル》上の粉末状にした頭痛薬を小指で掻き集めて掌に落とすと、残っていた珈琲《コーヒー》で口に流しこんだ。正しい用法・用量を守られていない、絶対に良い子に真似させちゃ駄目な服用の仕方だ。

　そんな明智先輩へ奇異なものでも見るような視線を向けていた羽柴君《よいこ》は、再び眼鏡に画面《ディスプレイ》の光を白く映しこんだ。

「どうなんですか。この数式を先回りして解くことができれば、これから先に起こる事件を予見して、犯罪を止めることは可能なんですか？」

「二十面相の事件に関してはな。だが、完成されていない地図を渡されて、空白の部分を想像で描けといわれているのと同じでな。数式の中には俺にも解けない未踏《アンチャーテッド》の部分がいくつもある。そいつが、どうにも鬱陶しい。俺は今日まで不成立という文字を何千、何万回と数式《こいつ》に付き返された。まったく、つれない相手だ」

　明智先輩でも解けない数式か。

それは、どんなに広漠とした迷宮なのだろう。二人の天才の脳の相互作用が作り上げた、その複雑系《コンプレックス・システム》の迷宮《ラビユリントス》の深奥に、なにが在るのだろう。謎めいた色彩で瑞々しく光が満ち溢れる宝石か、浪越さんの望んだ勧善懲悪の社会か、知《ち》の果てに燦然《さんぜん》と輝く神の叡智《ウィズダム》か、それとも暗黒の星が生んだ異形の怪物《ミノタウロス》か。この迷宮を踏破するのに、ぼくらは一体幾つの鍵をはずし、何枚の扉を開けることになるのか。

明智先輩でも解けない数式——なんて魅惑的な響きなんだ。この数式を解き明かしたら、嘸《さぞ》かし、気持ちがよいだろうな。その瞬間のことを考えたら……身体が震え、血液が熱くなり、鼓動が馳出《かけだ》し、好奇心が疼《うず》く。腕には鳥毛《とりはだ》反射が勃《た》っている。

思わず、こんな言葉が口から零れて弾けた。

「ぼくも、解きたいです」

「——なんだと」

明智先輩の目が、鋭利な光を瞬かせる。

冗談を赦さぬ緊張が、事務所の隅々にまで、瞬間的に行き渡る。

「ぼくも解きたいんです。明智先輩と浪越さんを夢中にさせた——暗黒星を」

「寝言は寝ていえ。テストと追試の心配でもしていろ」

「浪越さんと二人で作ったものに、触れられたくないんですか？」

事務所を包み込む硬々《かちかち》の空気にピシリと罅《ひび》が入る。

「お、おい小林……」と、狼狽の色を見せる羽柴君。

明智先輩は長椅子に背を沈め、尖った表情をぼくに向けていた。

「少年、自分が役に立つとでも、おもっているのか」

「わかりませんけど、三人でやったほうが絶対に早いですよ」

「おい、なにいってんだよ小林、って、俺も入ってるのかよ!」

明智先輩はぼくの瞳を熟《じっ》と見据え、フッと諦めた様に息を吐くと「勝手にしろ」といって珈琲《コーヒー》を啜った。

※

この日から、ぼくは暗黒星と対話した。

事務所の上の階《フロア》は接客卓《バーカウンター》や自動演奏箱《ジュークボックス》のある階《フロア》へと下りる階段を挟んで二分割されている。片側が書架《ほんだな》や捜査ファイルの詰まった段ボール箱の山がある資料空間《スペース》、もう片側は使われておらず、寝台《ベッド》に寝台側棚《ベッドサイド・キャビネット》、肘掛椅子や電燈《スタンドライト》などが薄《うっす》らと埃を積もらせていたので、そこを掃除して、ぼくの個人空間《パーソナル・スペース》に(勝手に)した。

寝台《ベッド》に寝そべり、携帯端末《デバイス》にDL《おと》した暗黒星と見つめ合う。

浪越さんの忘れ形見。死者の遺した、生きた数式。

うん、この数式は生きている。感《わか》じるんだ。ぼくは数式に導かれ、魅入られ、値踏みされ、試されている。これを制作した人は疾《と》うに死んで仕舞っているのだけれど、その命が宿っているかのように、触れると炰《ぽうっ》と灯《とも》る熱がある。膚熱《はだいきれ》、息衝きが熱い。成程《なるほど》、確かにこれなら数式に性格があるというのも理解《わか》る。そう見ていれば愛嬌も癖もあるし、機嫌を伺わなければならない面倒なときもある。信念や願望、絶望の片鱗が散らばっているようにもおもえ、それらを醸し出す強烈な表情がある。実に人間臭いのだ。うん、人間よりも人間のにおいが、深く濃くて、堪らない。

たとえば、暗黒星は日々、意味を変化させているように視える。此方《こなた》からの干渉、刺激を見事に躱《かわ》し、去《い》なすのだ。これは摩訶不思議《ミステリアス》な感覚で、警戒心の強い野良猫へ歩みを進めたときと同じ具合《ぐあい》で、数式に半歩ずつ近寄るぼくに警戒の色を露わにし、迂闊に解かれてしまわぬように思考の先を予見されている。毎秒、形状を変える鍵穴に蒟蒻《こんにゃく》の鍵を挿しこんでいるみたいに、まるで手応えがない。すごいな、明智先輩と浪越さんの生み出したものは。

『君が小林君だね』

『浪越さん、初めまして』

『弱ったな、そっちの名前で呼ばれてしまうと。僕はもう死んでいるのに』

『じゃあ、二十面相さんと呼べばいいですか』

『それも一寸《ちょっと》ね。仮想空間《ここ》でなら、暗黒星で頼むよ。あ、「さん」もいらないからね』

『了《わか》りました、暗黒星。あなたを絶対に解いてみせますよ』

『愉しみにしているよ』

想像していた以上に暗黒星は多弁で、能《よ》く語りかけてきた。数式が数学者の唯一の友だっていうのも、なんだかわかる気がしてきた。

羽柴君は寝台《ベッド》の横に小さい円卓《テーブル》と捜査ファイルの山を運ぶと、ノートパソコンに過去の二十面相、模倣犯の事件の資料《データ》を入力していった。わからないことがあると羽柴君に訊けるから、傍で作業してくれると助かるんだ。

「なあ、ずっと見てるけど、それ理解できるのか？」

「なんとなくね。明智先輩みたいに解いたり嵌めこんだり壊したりはできないけど、《読む》ことはできるよ。数式の中の癖を見つけていくと面白いんだ。うん、わかるよ」

「学校の勉強もそれぐらい熱心にやってくれたらな」

「ぶうー」

おい、と下の階《フロア》から明智先輩の声がした。

「羽柴、ここ一週間の二十面相に関連する事件のデータを送ってくれ」

「あ、はい。了《わか》りました」

羽柴君の打鍵音《キー・タッチ》が速くなる。さすが、小学校の頃から家庭教師にがっちりパソコンを習っていただけあって、打ち込みは明智さんよりも速い。

「――発生件数、時間、場所、被害者と加害者の情報をまとめてメールで送ります。なにか問題があればいってください」

「フッ、早いな――確認した。問題はない。充分だ」

三人での作業は、矢張《やっぱ》り、能率がよかった。明智先輩が解き、羽柴くんが整理し、ぼくが読む。こういうと、ぼくだけが楽をしているみたいになるけれども、当然、ただ読んでいるわけではなくて、数式に隠されている筋書《ストーリー》や癖を捜していたんだ。ぼくは二人ほど、数学は知《わか》らない。でも、二人が感じとれないことで、ぼくだけが感じる《わか》こともある。さすがは浪越さん、数式の中に一寸《ちょっと》した物語《ストーリー》も取り込むといった戯《たわぶ》れ心《ごころ》も忘れていない。たとえば、恋愛物語なら、こんな風に。

愛のために「自由」を与える男性と、愛するが故《ゆえ》に「束縛」をしてしまう男性のあいだを、主人公《ヒロイン》の女性は行ったり来たりして紕《まよ》うのだけれど、二人の男性による、夫々《それぞれ》の愛の「証明」をもって彼女は恋愛というものの「矛盾」に気づいてしまい、恋愛そのものを「否定」する人生を送るという、なんだか哀しい筋書《ストーリー》なんだ。これは原話が在って、証拠不充分で無罪となった、ある保険金殺人事件の元容疑者の女性の人生が下地になっていることが判明《わか》った。容疑者は一年前、自称・二十面相の女性に《断罪》されている。

既《すで》に終わってしまった事象も多いけれど、こうした、暗黒星の中に秘された符号《コード》を暴き、二十面相発生の兆候、また、発生の可能性を引き上げると思しき事象をリスト化し、現実社《リアル》会や電脳域《ネット》社会の動きに目を光らせながら、該当する兆候の有無を確認《チェック》することで事件発生を事前に抑えるんだ。迚《とて》も地道な作業なのだけれど、着実に怪人を追い詰めているという実感が、ぼくらにはあった。

なにより、愉しいんだ。なんて愉しい遊戯《ゲーム》を、浪越さんは遺してくれたんだろう。その点は本当に感謝しているけれども、これが勝負《ゲーム》である以上、負けるわけにはいかない。

ぼくらは怪人二十面相と戦う、少年探偵団なんだ！

※

この頃から、情報検索網《ウエブサイト》『幻影城』の会員制掲示板《赤い部屋》には、二十面相の《後継者》を名乗る者の書きこみが急増した。どれも皆、「我こそは――」と名乗っているのだけれど、これは別に今に始まったことじゃなく、三年前の《原初《オリジン》》の焼身自殺後から始まっていた事象なんだ。そうした中から一人だけ、異彩を放つ書きこみをする者が現れたことに、ぼくらは注目していた。

その《後継者》は先《ま》ず、正義の名を掲げる組織の化けの皮を剝がしにかかり、大規模な《断罪》をしていった。明らかにされていない、警察関係者の起こした不祥事、違反行為、事件のリストの公開。警察上層部の黒い関係。その上層部の人間と親族関係にあったため、完全に隠匿された未成年犯罪事件の詳細な情報。そういった、警察関係者でも、ごく一部の人間しか知り得ない、永久的に開示される予定のなかった秘匿情報を次々と晒していった。

当然、警察は火消しに奔走しなければならず、そのため、裏切者《ユダ》探しにまでは手が回らなかった。世間では《後継者》は警察関係者が確実と思われていたけれど、その後、政治家、福祉事業団体、医療機関、慈善活動で有名な大物芸能人と多岐にわたって罪を暴き、特に人の生命《いのち》が失われている事件に関しては強い嫌悪を見せ、声高に糾弾し、《断罪》を促した。

この《後継者》は今まで横行していた「なりきりさん」とは一線を画する、《原初》《オリジン》の意思を強く受け継ぐ存在であって、そのためか、明智先輩に強いライバル心を持ち、度々、名指しで挑発してきた。

『有能なる新宿警視庁の諸公《しょこう》。そして、高名なる名探偵、明智小五郎殿。余《よ》は名乗るまでもなく、この《赤い部屋》に名を連ねている怪人何某《なにがし》、その一人である。即《すなわ》ち、罪を憎むものであり、平和を愛するものであり、善なる庶民の味方であり、警察組織が真の正義の名のもとに存在することを望むものであって、腐った現社会を憂《うれ》い、変質を望む、《断罪》の髑髏である。本日、この《赤い部屋》へと参上いたしたのは、過日、貴庁が釈放した七房修平《ななふさしゅうへい》の件についてである。未成年者であるという、ただそれだけの理由で、名も顔も伏せられ、妊婦殺害という大罪の裁きを免れたことは、たいへん遺憾におもう。余は、七房修平の残虐非道な悪鬼の如き所業に、平和を愛する庶民が《断罪》を望む、数多《あまた》の聲《こえ》を聴いた。

　よって、つい今し方、余は七房修平に《断罪》を執行した。間もなく、このたびの執行者となった同志である二十面相が、新宿警視庁へ自訴しに参じるはずだ。どうか、彼女の処遇は丁重で配慮のあるものにしてほしい。

　ところで、二十面相の好敵手、明智小五郎殿にお訊ねしたい。余は、このたびの《断罪》の暗示《ヒント》を充分に与えていたはずなのだが、貴君に動きはなかった。はて、日々の疲労が祟《たた》り、深い眠りにでも就いておられたのかな。肩透かしも甚だしい残念な結果ではあったが、次は精々、努力して頂きたい。

　偖《さて》、既に次なる《断罪》も決めていることを伝えておこう。後日、何らかの方法で詳細をお伝えすると約束する。有能なる新宿警視庁の諸公、そして名探偵、明智小五郎殿。余を止めてみたまえ——後継者より』

　書き込みのあった一時間後、七房修平を誅殺《ちゅうさつ》した二十面相が自首をしてきた。七房修平の首を持って。髑髏の覆面《マスク》の下は、行方を晦《くら》ましていた七房修平の母親だった。賢母《けんぼ》であった彼女は罪を認めているそうだけれど、《後継者》に関することは完全に黙秘を続けているようだ。

件《くだん》の書きこみを見た明智先輩の反応はといえば、顔色ひとつ変えるでもなく、「元気いっぱいな劇場型だな」と呆れ気味に、ひと言漏らしただけだった。悔しくないんですか、寝たとかいわれてますよ、と煽っても、「いわせておけ」と、なんだか明智先輩らしくない。否《いや》、こんなものだったのかもしれないけれども。兎に角、その気力は薄《うつす》り、細《ほつそ》りとしてしまい、表情も茫《ぼう》っと仄白《ほのじら》んでいた。暗黒星が解けないことに苛立ち、疲弊しているのかもしれない。明智先輩にとって重要なことは、起きてしまった事件より、目の前の数式なのだ。

ぼくはぼくで、数式のことしか考えられなくなっていたけれど、明智先輩とは正反対な心持ちで、暗黒星が変質という大変災《カタストロフィ》へと着実に向かっていることを数式から透き見することで膚《はだえ》に犇々《ひしひし》と実感し、不謹慎ながら昂《たか》ぶりを抑えるのに苦労していたのだ。

【羽柴、憑かれるものたちを危惧する】

教室に入ると、まず俺はクラスのみんなに向かって元気よく「おはよう」と声をかける。すると、会話に花を咲かせていたみんなが振り返って、俺よりも元気な声で「おはよう」と返してくるから、今度はそのひとつひとつに「おはよう」と笑顔で返していく。その後、机に突っ伏して眠たげに蠢《うごめ》いている小林に「お、は、よ、う」と声をかけながら脇腹を指で突《つつ》く。擽《くすぐ》ったいのか、「ひゃっ」と声を出して身体を「く」の字に捩《よじ》りながら避《よ》ける小林は、「もうっ、羽柴くんったら」と口を尖らせ、それから「おはよ」と俺に笑いかける。

——というのが、ベストな朝の光景だ。でも今は……。

「おはよう！」

寂《じゃく》として音がなく、粛として声のない、通夜の会場のような教室に俺の声が馬鹿みたいに響き渡る。教室の隅で草陰の虫のようにヒソヒソ話をしていた小グループの中の何人かが振り返って、無表情で「おはよう」と返してくる。俺が「おはよう」と笑顔で返す前に、みんなは顔を戻し、ヒソヒソとやりだす。そこで初めて気がついたように他の数名のクラスメイトが無気力で薄暗い表情をのっそりと擡《もた》げる。感情のない低音の「おはよう」が、ぱらぱらと俺に振ってくる。それでも俺は元気に返すと、目の前の空席を見つめ、そこにも小さい声で「おはよう」という。返ってくるわけがない。仕方がない。これが現実なんだ。

小林は学校に来なくなった。

今頃、明智さんの事務所で、例の数式に熱をあげているんだ。明智さんのように宮内庁から不登校の許可が下りているわけじゃない。小林は不登校未許可。サボりだ。

俺は不安で堪らない。なにがって、あいつの熱中ぶりがだ。数式に向き合っている時の小林は基本無口で、放っておいたら何時間も動かないし喋らない。ちゃんと起きているのかと顔を覗きこむと、その瞳には擦《こす》っても取れないくらい数式がびっしりと貼りついて、怖いほど活き活きと艶《つや》めいているんだ。その目を見た時、俺は確信した。小林は、よくないものと出会い、知ってしまったんだって。

「おっはようございまーす！」

キンキンと甲高い声が、鮮やかなピンク色とともに教室へ飛び込んできた。

花菱蘭子《らんこ》先生だ。今日も一段と目に煩《うるさ》い、派手なゴスロリ系の衣装を纏ってのご登場だ。なんの躊躇もなく猫耳《ねこみみ》や兎耳《うさみみ》や肉球《にくきゅう》ハンドを付けて授業をする、年齢不詳（訊くと真顔で無口になる）の変な先生なのだが、うちのクラスの担任だ。

「あっらー、今日も小林君は休み？　続いてるわねぇ。心配だわぁ」

小林の席は廊下側の一番前。その斜め後ろの俺の席からは、折れそうなほどに細い背中が丸くなったり伸びたりするのが見えたが、ここ数日はそこに、ぽっかりと空虚だけが在る。そこに、あの背中がないってだけで俺には教室で過ごす時間を無味なものに感じてしまう。

うちのクラスは、ただでさえ空虚に冒されている。無理からぬことで、俺たちの教室は、世間を震撼させた、あの『人間椅子《にんげんいす》事件』の舞台なんだ。事件の被・加害者の座っていた席が空いてしまったのは当然として、事件のショックで学校を休む生徒も増え、それこそ本当の不登校になってしまった生徒もいる。カウンセリングも効果を望めないほど酷《むご》い事件だったってことだ。あの事件以来、なんとなく教室の雰囲気は暗いし、クラスメイトの笑顔も取って付けたように浮いていて、どこか余所余所《よそよそ》しい。元々、そんなに煩いクラスでもなかったけど、教室って、こんなに静かなものだったろうか。

「みなさーん、今日も一日、元気ハツラツ、ウルトラCって感じで頑張りましょう！」

粛然《しゅくぜん》とした教室の中、たった一人、過剰に明るく振舞って見せる担任教師の姿が、五分前の俺のようで、どうにも寂しく滑稽なものに見えてしまう。

※

「どうして学校に来ないんだよ」

小林は事務所の二階のベッドに腹這いの姿勢で携帯端末《デバイス》を見つめていた。某国の軍事パレードみたいに、一糸乱れぬ規則的な移動《スクロール》を見せる数式を目で追いかけながら、「だって解かないと」とふんわり答える。

「学校の後でもできるだろ」

数式に瞳を摑まれたまま、小林は「ねえ、羽柴君」と呼んだ。

「数式を解いて、事件を解決することは学校よりも重要なことだとはおもわない？」

「それは——」否定をしたい。けど、それをすれば、俺の事務所に来る意味もなくなる。正直な小林のことだ。「なら、羽柴君はここに来なくてもいいんじゃない？」と、あっさり俺を切り捨てるだろう。今の小林を見ていると、そんな恐れが湧き上がってくるんだ。

小林はようやく数式から目を離すと、起き上がってベッドの縁に座り、ここに座れ、と隣をぽんぽん叩く。俺は黙って従った。いつから小林の熱を吸っていたのか、ベッドはとても温かい。この空間《スペース》はすっかり小林の領域《テリトリー》で、小林の匂いしかしない。ぼんやりとしている俺の眼前に携帯端末《デバイス》が突きだされる。犇《ひし》めき合う数字と数学記号は虫の群れにも見える。

「見て。まるで嵐だ。怒濤《どとう》の勢いの。隙を見せれば、こっちの思考が吹き飛ばされる。ああ、でもこれは暗黒星だから、流星群なのかもしれない。こんなものを明智先輩が一人で解くなんて大変だ。羽柴君……ぼくはね、あの人の力になりたい。手伝いたいんだ」

「明智さんは、それが本職だからいいんだよ……でも、小林には学校が」

「学校の勉強で事件は止められないよ」

俺の言葉を遮った小林は、黄金色の瞳で覗きこんできた。

「ぼく、間違ったこと、いってるかな」

だめだ。何もいえない。小林の目は、早く数式の遊戯に戻りたいといっている。俺は今、明らかに小林の愉しみの邪魔をしているんだ。

無言でベッドを立った俺は、テーブルにノートパソコンを出すと捜査ファイルの整理を始めた。小林を数式から引き剝がすのは無理だ。このゲームが終わるしかない。

※

「やり直しだ」

明智さんのノートパソコンから、シューティングゲームの自機が爆発するような音がし、画面には不成立《failure》の文字が貼りつく。キーボードを撫でまわすように弾く明智さんの目はスランプの果てに壊れてしまったピアニストのようで、不眠不休が祟って充血で赤く濁り、食事もろくに摂《と》っていない不規則な生活の影響ですっかりと窶《やつ》れ、鬼気迫る表情になっている。テーブルの上や足元だけでなく、ソファーの上にまで缶コーヒーの空き缶や薬の空き瓶が卵《らん》塔場《とうば》のように並んでいる。

小林よりも、ずっと以前から暗黒星に憑かれていたのは明智さんだ。共同制作者であったのだから当然といえば当然なのだが、ここ数日は、まるで命を削っているようで怖い。

爆発音。不成立《failure》。

「やり直しだ」

そこまで後ろから見守っていた俺は、とうとう声を挟まずにはおれなくなった。

「少し休んでください。眠った方がいいですよ」

「――休む時間はない。こうしているあいだにも怪人は生まれる」

「数式を解くより、もっと現実的なやり方があるはずですよ」

「俺がいつ羽柴財閥の御曹司に御意見を賜《たまわ》りたいといった。これは浪越の遺産だ。俺が受け取ってやらないでどうする」

「だからって睡眠も食事もロクに摂らないで……数式に殺されてしまいますよ！　少しは自分のことも考えてください！」

「小林だけじゃなく、坊ちゃんまで俺の世話女房になったのか」

再び、キーを弾く音が響く。このままじゃ、二人とも数式に取り殺される。止めなければと焦燥感に襲われる一方、俺は奇妙な疎外感も覚えていた。暗黒星は二人にはとり憑いて、俺にはとり憑かなかった。三人でやろうと小林はいったけど、明らかに俺は孤立している。

「そうですよ。明智先輩は自分のことを考えていないんです」

小林だった。手に携帯端末《デバイス》を持って階段を下りてくる。

「……少年まで同じことをいうのか。もういい。二人とも帰れ」

「ぼくがいっているのは暗黒星の話です。この数式には、いちばん必要なものが欠けていたんです。それが羽柴君のおかげで今、わかったんですよ」

満面の笑みを向けられる。意味がわからず、俺は間抜けみたいに「え?」を繰り返した。

「嬲《なぶ》るな。さっさといえ」

「明智先輩ですよ」

明智さんは小林の言葉を無言で受け止め、そして、咀嚼《そしやく》しているようだった。

「数式の中には一定の間隔や条件で、何かを誇示するような箇所がいくつもあります。三年前からなので、おそらく二十面相という事象を表しているんでしょう。それに伴う形で毎回、ある数式が入力《インプット》されます。それがぼくらにとっての最大の難問《アポリア》でした」

明智さんは、たった今、目覚めた様に目を見開いた。すでに手はキーを打ち込んでいた。

「浪越さんにとって、二十面相にとって、暗黒星にとって、明智先輩という存在は大きいんです。先輩の存在が二十面相の行動を左右するんですよ。浪越さんの歴史の中で、最大の事象が明智先輩との出会いなんです。その証拠に二人が出会った頃から一定のリズムが数式上に現れます。うん、愉しそうなリズムだ」

タンッ、とエンターキーを叩く音。画面内では数式の混沌《カオス》が生じていた。

「明智先輩らしいです。世界を表した数式に自分自身を排除していたなんて」

明智さんはキーボードから手を離し、数式の渦《ヴォルテクス》を見つめていた。もう何もかもが識別できず、画面に白いペンキを塗り重ねているようにしか見えない。そして、

——成立《birth》

沈黙が膨らんでいく。明智さんと小林、二人の視線は画面に突き刺さったまま微動だにしない。この後、なにが起きるのか、俺には想像がつかない。

甲高い着信音が沈黙を割り、俺は驚いて飛びあがる。旧時代的なベル音を鳴らすのは、甲《こう》虫《ちゅう》めいた艶《つや》を纏う、不吉な報せを運ぶ鴉《からす》色のプッシュ式電話だ。まるで、数式が解かれるのを待っていたようなタイミングが、俺には不気味でならなかった。

明智さんは受話器を取ると当然のようにスピーカーボタンを押した。

『はじめまして』

機械で変えられた声は、どん底に溜まるヘドロのように不気味な緩慢《かんまん》さに粘《ねば》ついていた。

「誰だ」

『推理ごっこは愉しめましたか？　あなたが一人、二人と必死に、地道に、我々を捕まえている頃、その何倍もの数の我々が生まれていることは御存知で？』

「そんなことは予測していた」

『たいへん失礼いたしました。ですが、あなたの想像以上に増えていると思いますよ』

「だから、なんだ。一人残らず鉄格子の向こうへ送りこんでやるまでだ」

『ええ、ええ。それは可能でしょう。高名な名探偵様があと一万人ほどいらっしゃるなら』

「そんなにはいらん。俺たちだけで充分だ」

小林の表情が花開くように変わる。「俺たち」といわれたのが、よほど嬉しかったんだ。その「俺たち」の中には、自分も入っているのだから。

『いいんですか？　そのような強気な発言を吐いて。あなたが探すのはウォーリーじゃない。ウォーリー以外の人間、すべてなのですよ？』

明智さんの顔色が変わる。

「――あのゲームは、それほど知られていないはずだ」

『わたくしたちは、どこにでもいます。街の中にも。電車やバスの中にも。家庭にも。学校にも。職場にも。警察。自衛隊。国会。あなたの傍にも、ずっといましたよ』

「御託《ごたく》はいい。最後にもう一度だけ訊く。お前は誰だ。答えなければ通話は切る」

『《後継者》です』

やはりな、という空気だ。俺でさえ、それしかないとおもっていた。

『わたくしは怪人二十面相の神話《ミソロジー》を語り継ぐ者。いずれ、お目にかかれることとおもいます、といいますのも、これから一週間後、わたくしは《断罪》をするからです』

「ご丁寧にどうも」

『止めてみたまえ、名探偵、明智小五郎君』

通話が切れる。明智さんは静かに受話器を置くと、ソファーに戻って『幻影城』の《赤い部屋》にアクセスする。

「見ろ。《後継者》とやらは俺との勝負に、よほど自信があるらしい」

最新の書きこみには《後継者》から明智さんへの挑戦状があがっていた。如何にもネット民が好みそうな内容だ。書かれていることは、三年前から怪人が掲げ続け、多くの支持を得てきた独自の正義感の焼き増しと、明智さんへの挑発だった。ネットに明智さんの敵は多く、よく槍玉に挙げられているのを見る。高校生なのに学校にも行かず、探偵なんて、ちょっとかっこのいい仕事に就いていることが妬《ねた》みの感情を生んでいるのかもしれない。

挑戦状の下には物凄い勢いでコメントが増えていく。生意気な高校生探偵とネット民の英雄、二十面相――その《後継者》の対決を、誰もが愉しみにしていた。その様子を見つめながら明智さんは呟いた。

「ゲームはここからか。上等だよ、浪越」

※

数式を解いてからというもの、小林はどうも落ち着かない様子だ。目覚めてしまった好奇心という名の獣が、次の獲物を探しているようだった。小林の心は以前までは明智さんに持っていかれていたのに、今ではすっかり「浪越」という伝説に浸っている。神の領域の数式に手を出し、社会の変質を望んで髑髏の怪人となり、《断罪》という運動《ムーブメント》を引き起こした、明智さんの唯一の喧嘩相手《ともだち》。彼は三年前にサザンテラスで焼身自殺をし、この世を去っている。すでに現世に存在しない故人を視つめているからか、時おり、小林の目から世界が消えるような瞬間があった。そういう時は俺の声も届いていないように感じた。

この日、俺たちが事務所を後にしたのは、陽が落ち切って空が暗む間際の頃だ。列車の通過音が怖いくらいに煩い、高架下のトンネルを歩いている。

「浪越さんって、どんな人なんだろう」

「また、その人の話か」

小林は俺と二人になると、その名前しか出さなくなる。

「そんなに気になるのか、浪越さんが」

「だって、この社会を数学の力で変えるなんて、すごい発想をする人だよ」

「もう死んでしまった人だぞ」

「死んだ人のことが気になっちゃいけないの？」

小林は夜の猛禽《もうきん》のような目をすることがある。今がそうで、俺はその目に震えてしまうことがあるんだが、別に小林は俺を怖がらせようとか、怒っているとか、そういうことではなく、好奇心や疑問を抱いた時、その答えを知ろうという本気さが目に現れるんだ。

「……そんなことより小林、お前、いい加減に学校にこいよ」

「なんで？」

「なんでって……もう数式は解けたんだし……」

「でも、いつ事件が起きるかわからないよ」

「警察がいるだろ。俺たちは学生なんだ。事件よりも気にしなきゃいけないことがあるはずだろ。このままじゃ、クラスで浮いた存在になるぞ」

「別にぼくは気にしないよ」

「――小林」

トンネルの中の黄色い外灯が、壁に貼りつく俺たちの影を濃く縁取っている。俺と小林の影は今にも重なり合って、同化してしまいそうなほど、近づきあっていた。

「羽柴君は、ぼくが学校にいかないのが気になるんだね」

「そんなこと、当たり前だろ」

「あたり、まえ——」

その後に小林は何かをいいかけ、「あれ?」と俺を見ると、気になるひと言を発した。

「影になっちゃった」

「え? 影がなんだって?」

「ううん、なんでもないよ」

なんでもない、なんでもない、といいながら、てくてく歩いて高架下のトンネルを一人で抜けていった。なんでもなくないことはわかっていた。「影に」といった、あの瞬間《とき》、小林の瞳の中に、俺がいない気がしたんだ。俺の気の所為《せい》でもないようで、小林自身も困惑している様子だった。

足元を見ると俺の影はトンネルの闇に置き去りにされている。慌てて小林を追った。

「なんなんだよ、どうしたんだよ」

「だから、なんでもないってば」そう言葉を返す小林と視線が合わなかった。小林の目は俺の目を探すように彷徨い、見当《あたり》をつけたように俺の目よりやや下に視線を刺しながら、こう告げた。

「ここで、お別れだね」

同時に足を止める。路がわかれていた。いつも通り、俺たちはここで別れるんだ。

「さようなら、羽柴君」

　俺は小林の背中が夕闇に呑みこまれるまで見送った。明日も、明後日も、当然、俺たちは会うはずなのに。小林の別れの言葉は重く、俺の心を暗い深海《ふかみ》の底へと沈めていった。

【小林、《断罪》を目の当たりにする】

《後継者》の挑戦状から一週間後。

新宿の某高級ホテルの大広間で、ぼくは女性接待係《コンパニオン》に変装し、とある集まりに混じっていた。変装といっても小さめの寸法の制服を着ただけなのだけれど、明智先輩はそれで充分だといった。

『先端神経医学カンファレンス』の案内板が導く「椿《つばき》の間」には今夜、医療に携わる人々が集まっている。そういうと病に苦しむ人々を救う素晴らしい人たちの集まりに聞こえるのだけれども、この場に来ている人たちは、そういうものとは少し違って、どこか偉ぶった態度で、見栄っ張りな顔つきをしており、権威にぶら下がるような厭らしい性質を持っている。つまり、能《よ》く大衆劇《ドラマ》などで見られる、白堊《はくあ》の城の中では擅《ほしいまま》に振舞い、どこへ行くにも白衣の行列を引き連れ、自らの立場に鼻を隆《たか》くしているような、いけ好かない大人たちだ。彼らを囲う洋卓《テーブル》には料理人《シェフ》が腕を振るった豪華な料理が並んでいる。ぼくは洋卓《テーブル》から空いた洋盃《グラス》や皿を下げながら、会話を盗み聞く。

「ご無沙汰しています」「どうもどうも、あいかわらずお忙しそうで」「否々《いえいえ》、田舎なんで、うちの他に医院らしい医院がないんですよ」「今日の参加は、可成《かな》りご無理なさったのでは？」「それはもう。宗像《むなかた》先生がいらっしゃると聞いたもので」「実は私もそうなんです。お話を聞けるなんて、なかなかない機会ですからね」「ところで主催の企業はなんといいましたか」「いや、それが聞いたことがないんです。確か——あ、そろそろのようですよ」

会場が響動《どよ》めき、拍手が起こる。医療関係者たちの視線が壇上に集まる。

「ご歓談中のところ失礼します」司会進行が明朗な声を放つ。「本日は素晴らしい賓客《ゲスト》をお招きしております。今年、数々の功績が高く評価され、国民栄誉賞を授与された、脳神経外科の権威、宗像博士《はかせ》です！　ご登壇、よろしくお願いいたします！」

沸き上がる会場をモーセのように割って演壇に向かう者がある。ウェリントン眼鏡をかけた老齢の男性は壇上に立つと、皆へ一礼する。古い洋画に出てくる吸血伯爵のように髪を後ろにべったりと撫付《なでつ》け、厳《いか》めしい面《おもて》の太い輪郭と、それを支える顎は広く頼母《たのも》しげに張っている。その表情は余裕と自信が漲《みなぎ》り、レンズの奥には野心的な赫《かがや》きを色濃く湛えていた。

宗像柳一郎《りゅういちろう》。一般社団法人関東専門機構理事長・歌舞伎町大学病院医学部名誉教授・歌舞伎町大学病院院長——と、長ったらしい肩書を持つ、医学界の中でも著名な人物らしい。

「宗像です。えー……アハハ、緊張しますね」

会場に笑いが起こる。満足げに頬肉を盛り上げて笑むと宗像博士は続ける。

「では、改めまして、宗像です。私は近年の医師の倫理《モラル》の低下を憂う者であります。違法医療などは当然にして言語道断でございますが、何より私は、この業界の隠蔽《いんぺい》体質を強く問題視しております。隠蔽せねばならぬということは、後ろめたい過失を起こしているという拭えぬ事実があるわけでして、その過失の改善を最優先せねばならぬのに――」

タンッ

不意に音が響き、会場が暗くなる。ざわざわと騒《ざわ》めく人々は、何かの喫驚劇《サプライズ》でも始まるものかと次第に口を閉じていく。宗像博士は言葉を断ったまま、予定と違うぞという表情で司会進行のほうを見ている。すると、宗像博士の後ろの映写幕《スクリーン》が白く照らし出され、そこに毳々《けばけば》しい文字で『宗像博士の清廉潔白《せいれんけっぱく》なる医療』と書かれた文字が現れる。来賓《らいひん》は未《ま》だ演出だと信じているようで静粛にしているが、宗像博士だけは、どういうことかときょろきょろしている。

『脳神経外科の権威、宗像柳一郎』

金属が微振動《ふる》えるような、耳障りな高音質の加工声が会場に響き渡る。

『彼の誉《ほま》れ高き栄光の裏には、葬られた闇があった』

映写幕《スクリーン》には病室らしき白い部屋。寝台《ベッド》で上体を起こしている少年がいる。

少年N《ナレーション》『あの病を発症した日……僕の命は一年未満で終わることが決まりました』

ここから、加工した声ではなくなる。病室の画像は暗転し、群青色の映写幕《スクリーン》に変わる。そこには影でできた不恰好な三体の人形《ひとがた》が現れる。一体は寝台《ベッド》の上の少年、一体は少年の姉、一体は宗像医師だ。

姉と宗像医師の影が言い争いを始める。

姉『そんな急な話、受け入れられるわけがありません！』

宗像『オッホン、残念ですが』

姉『ちゃんと説明してください！　弟はまだ若いのに……！　まだ、まだ……』

宗像『確かに発病するには若すぎますが、病とはまぁ、オッホン、そーいうものなんです。こちらのタイミングなど考えてはくれませんよ、エッヘン』

少年『お姉ちゃん、怒らないで。宗像先生に責任はないよ。先生は僕を救ってくださろうと頑張ってくれているんだ。恩人なんだよ』

公開されたものは影絵芝居だった。バリ島の影絵《ワヤン・クリ》ほどの娯楽性《エンターテインメント》もなく、完成度《クオリティ》も高くはなく、学芸会の影絵芝居ほど幼い内容でもない。繰り広げられるのは、不器用な者が拵《こしら》えた不恰好な切り絵の人物《キャラ》が織りなす、拙《つたな》い不条理劇。そこには稚拙美《ちせつび》も見当たらない。後録《アフレコ》も一人が全役を熟《こな》し、これがまた下手くそだった。ただ、聴く価値がまったくないかというとそうでもなく、宗像を演じるときなどは特に芝居めいて大袈裟で、なにかと馬鹿にしながら、その偉そうな性格を巧く表現しているので面白い。声をあてているのは女性だ。

ぼくは、この甲高い声を知っているような気がしてならなかった。否《いや》、確かにどこかで聴いているはずだ。錯覚などでもなく、本能が反応する、間違いようのない感覚だった。
姉『死を前にしながら、なんて優しく、勇ましい弟なの。でも、私は暴いて見せる』
少年N『姉はぼくのために病院関係者との関係を作り、その人物に多額の謝礼を支払うことで、内部資料の入った資料《データ》を入手するのです。その資料《データ》を傍らに連夜、パソコンに向かう姉。そして――姉は見つけたのです。違法に横流しされた非管理の硬膜が、手術に使用されていた事実を。僕が以前に受けた手術でも、それは使われました。病の感染源は……それでした』
　姉の隣に宗像が現れる。宗像博士はむくむくと大きくなっていく。
姉『これは、どういうことなんですか！』
宗像『きみぃ、わかっているのかね？　君のしていることは犯罪だよ、犯罪』
姉『あんたがしていることは犯罪じゃないの⁉』
宗像『なぁにをいうかとおもえば笑止千万。君の見つけた資料《データ》は記載ミスだ。まったく重要ではない紙切れだ。これ以上、言いがかりをつけるのなら、私も出るところに出るぞ』
少年N『結局、証拠となる資料《データ》はすべて処分され、もみ消されてしまいました。姉は声も無く、泣きました。玉のような涙を散らして』
少年『お姉ちゃん、どうか、泣かないで』
姉『ごめんね、お姉ちゃん、なにもできなくって、ごめんね』

影絵の姉は涙を零していた。それは濁った真珠のような輝きだった。影絵は沈黙しているのに、泣き声の台詞《せりふ》もないのに、ぼくには、その慟哭《どうこく》が丁《ちゃん》と伝わってきた。

少年N『僕は決めたんだ。もう二度と僕たちと同じ悲しみが繰り返されないように……』

影絵は唐突に終了し、映写幕《スクリーン》には、少年が一カ月後に自ら命を絶ったことが、たどたどしい文字でのみ伝えられていた。この話の筋《ストーリー》は、医学の権威の冠をかぶった悪魔によって、人生を無残にも奪われた一人の少年と、弟を奪われた姉の物語だった。

会場は寂然《しん》としている。皆、なにが起きているのかと混乱していた。壇上では、余裕と自信など疾《と》っくに表情《かお》から剝落した宗像博士が怒声を上げている。

「こんなもの出鱈目《でたらめ》だ！　私を落とし入れようと誰かが――」

「はー？　でーたーらーめー？」

素《す》っ頓狂《とんきよう》な声とともに、舞台袖から小柄な人影が滑るように現れる。その貌《かお》は目も鼻も面皮《めんぴ》も纏《まとめ》てごっそり削げ落ちた、灰色の髑髏だ。小脇には、円筒缶《ドラム》に中華饅頭を載せたような、略《ほぼ》、持ち主と同じ寸法《サイズ》の人形を抱えている。

「おっかしいわねぇ。これ、私の弟に起きた実話なんですけど」

その登場に人々は響動《どよめ》き、会場は不穏な空気に包まれていく。仮にも人の命を救う者たちの集い。それが、現れたのは死を象徴する髑髏なのだから、これは怪《け》しからんとなる。

「ふざけすぎじゃないのか」「主催はどこだ！」「おい、あの覆面《マスク》」「二十面相か？」「でも、どうして」「演出だろ」「笑えない冗談だな」「しかし、大丈夫か、宗像先生は」

演壇《ステージ》上の宗像博士は、じりじりと後退《あとじさ》り、賊に向かって叫んでいた。

「なんだ、君は！」

「なんだチミはってか？　そうです、わたしが」賊は徐《おもむろ》に髑髏の覆面《マスク》を剥ぎ取る。裏面を見せながら、嬲《なぶ》るように緩慢《ゆっくり》、ぺりぺりと剝《む》かれてゆく髑髏の皮下には、硝子《ガラス》片を擬人化したような、触れ難い鋭さを表情に嵌めこんだ女性の不敵な笑みが現れる。「ばあっ」

　宗像博士の表情が見る見る強張っていくのがわかる。暗い会場を切り分ける映写光によって、陰影を深く彫り刻まれた博士の表情は、厳めしい憤怒相の木像のように険しい。

「おもいだしてくれたぁ？」

　南検視官は、粘《ねと》つくような口調でいった。

　彼女が怪人二十面相の《後継者》。確かに、ぼくらの傍にいた。

竜胆色《ジエンシアン・ブルー》の髪。青い医療服。彼女の特徴的印《トレード・マーク》であるアニメ筆触《タッチ》の牙が描かれた医療用マスク。顔の大半は、そのマスクに隠れてしまっているけれど、迚《とて》も綺麗な人に違いない。ぼくは南検視官と親しくさせてもらっているけれど、話すときも、お茶を飲むときも、あのマスクをはずしたところを一度も見たことがないのだ。あの小脇に抱える人形は南検視官の相棒《パートナー》。検視報告映像で使用される模擬死体、通称「死体くん」だ。

　怯えきった宗像博士の前をすたすたと通り過ぎる南検視官は、呆然と固まっている司会進行に「死体くん」を押し付け、代わりにマイクロフォンを奪い取る。

「皆様、本日はお集まりいただき、まことに感謝感激雨霰《あめあられ》！　医療の未来を担う皆様方に、わたくしから特別料理でお持て成しをさせていっただきましたとさぁ！」

指をパチンと鳴らすと、映写幕《スクリーン》の画像が変わる。色筆《カラー・ペン》で殴り書きしたような拙い字で、『最高級フルコース!!　未処理の脳硬膜入り』と書かれた白板《ホワイト・ボード》が映り、画像がスライドすると今度は会場を背景《バック》に、皿の上に盛られた薄桃色の肉の塊が映る。

「高級ホテルのレストラン、その豪華立食バイキング！　凡《すべ》ての料理と飲み物にぃ、弟の手術に使われたものと同《おーんな》じ、脳硬膜入り！　おっ召し上がりあそばせぇ！」

その発言の意味を直ぐには理解できない来賓たちは、唯々《ただただ》、困惑の聲《こえ》と視線を交わしあう。

茫然としている司会進行にマイクロフォンを返し、「死体くん」を取り返すと、南検視官は卒塔婆《そとば》のように突っ立っている宗像博士を視線で掬《すく》い上げる。

「医者なら知ってるわよねぇ。あれって経口摂取《けいこうせっしゅ》でもヤッバイのよねぇ！」

見る見る蒼白になっていく宗像博士の表情を見て、ようやく事態を呑みこめた来賓たちは恐慌《パニック》を起こす。出入り口付近にいたぼくは、押し寄せる恐ろしい人の波を避けるため、料理を並べた長洋卓《テーブル》の下に這入《はい》って身を屈めた。洋盃《グラス》や洋酒瓶《ボトル》の割れる音、皿ごと床に散らばる料理の音、悲鳴、怒号、嘔吐《えず》き、会場を出ようと走る地響きの如き足音。この音の混沌《カオス》の中で、呵々《からから》と嗤い聲《ごえ》を昇らせる南検視官。たよたよと座り込んだ宗像博士は、壇上を這い蹲《つくば》いながら、呼吸困難の蛙《かわず》のように嘔吐《えず》いている。

「馬鹿な……なんてことを……これからの医学会には私が必要だというのに……冒瀆《ぼうとく》だ……これは医学に対する冒瀆だぁっ！」

「あらぁ、どの口がそんな、お痛《いた》ちゃんなこと仰有《おっしゃ》っているのかしら。そんな悪いお口は先刻《さっき》、高級葡萄酒《ワイン》を聞《きこ》し召《め》してらしたわよねぇ！　瓶の中身はナンジャロナ！」

魔女の哄笑から逃れようと無様な恰好で這いずる宗像博士は、咽喉《のど》に指を突っ込んで吐こうとするけれど、子供が蟻を踏みつけるような表情の南検視官に腕を踏みにじられる。

「脳神経外科の権威がみっともない取り乱し様。おしっこ、ちびってるんじゃない？」

「たた、た、頼む、直ぐ、直ぐに感染の検査をさせてくれ」

「その必要はない」

落ち着いたその聲《こえ》は、この大恐慌《パニック》の狂騒の中では一際《ひときわ》異質に聞こえ、滴る一粒の水ほどの小《ちい》ちゃな聲なのに、怪鳥《けちょう》の如き叫びや熱《いき》り立つ怒号の頭を押さえ込み、沈黙の波紋を見る見る拡げていく。

ぼくは待っていたんだ。この瞬間《とき》を。

すっかり人の捌《は》けた演壇《ステージ》前に、赤紫色の液体の入った洋盃《グラス》を片手に佇立《ちょりつ》する人物がいる。

名探偵、明智小五郎だ。

南検視官は狼狽《うろた》える様子もなく、牙マスクの下から薄ら寒い笑みさえ滲ませている。

「やれやれだよ、まったく」中央出入り口の前で、疲れた表情をぶら下げた中村警部が無精髭を掻きながら咏嘆《ためいき》を吐く。「加賀美に続いて、あんたまでかよ。いったい、日本の警察はどうなっちまってんだ」

中村警部が手を挙げると同時に複数の扉が一斉に勢いよく開き、会場内に警官隊が雪崩《なだ》れ込んでくる。あっという間に包囲された南検視官は、警官隊の後から入ってきた大衆媒体《マスコミ》の撮影機《キャメラ》に捉えられる。

「この女が？」「今回の二十面相なのか」「挑戦状を叩きつけた《後継者》か」「いい年してコスプレかよ」「気をつけろ、凶器を持ってるかもしれないぞ」

南検視官はゲハゲハと嗤いだす。先刻《さっき》から変わった嗤い方をするなあ。

「おっそいわぁ、名探偵。今頃来てもおっそいわぁ。もう《断罪》、やっちゃったわー、ってか今、悪口いった奴、前でてこいゴラァっ！」

「お前は、なにもできていない」

死刑宣告のような語調《トーン》の言葉に、南検視官は「はあ？」と眉間に皺を刻む。

「料理はすべて、事前に替えてある」

嘲笑に歪んでいた南検視官の目が、冷たい鋭さを帯びはじめる。

明智先輩は洋盃《グラス》の中身を一気に呷ると、たん、と音を立てて円卓《ラウンド・テーブル》に置く。そこには様々な飲み物やソースが零れ、雑《まじ》ってできた世界地図が洋卓掛《テーブル・クロス》に染み付いている。

「残念だったな、南。お前のせっかくの手料理を無駄にしてしまって」

「……なぁに未成年が飲酒しちゃってんのよ、警察の前で」

「ご心配なく、今のは葡萄果汁《グレープ・ジュース》だ」

南検視官は肩を竦《すく》め、自嘲の笑いにマスクを歪める。

「そりゃそうよね、優等生《いいこ》だもの、明智ボウヤは」

「南検視官、否《いや》、元・検視官か。お前は犯罪を遂行できず、ただ無為に逮捕される。態々《わざわざ》、こんな場を設け、態々《わざわざ》、滑稽な喜劇まで観せてくれて本当に心から感謝するよ。見せ場《クライマックス》は少々退屈だったがな」

「役者が大根だからよ」と、自分の演技を棚に上げ、南検視官――南さんは、壇上の隅で身を縮めている宗像博士に冷たい視線を向けた。

「怪人二十面相、その《後継者》――お前の完全な敗北だ」

おおお、と歓声が上がる。さっきまで仔鼠のように悲鳴をあげて逃げ惑っていた、その逃げ遅れの来賓たちだ。自分たちの無事がわかると、この捕物を拝もうと会場の隅から傍観しているのだ。

「ふーん、そっか」首を回したり、手を広げて爪を眺めたり、敗北《そんなこと》は大したことではないという素振りを見せる。「でも意外ね。辿りついたってことは君に解けたのね、暗黒星」

明智先輩は一寸《ちょっと》の苛立ちを表情の中に押し隠しながら、漸《ようや》く長洋卓《テーブル》の下から這い出てきたぼくへと視線を向けた。南さんは「へぇ」と感心の声を漏らす。

「小林君《きみ》が解いたの？　すっごいじゃない」

「ぼくは気づいただけです。あーあ、南さんから変死体の話、もっと聴きたかったな」

「もう、小林君ったら死体愛好者《ネクロフィリア》なんだから。じゃあ今度、発電所設備に触れて即死したコンガリ遺体《コープス》について講義《レクチャー》してあげる」

「えっ、ほんとですか？」

「残念ながら、その日は来ない」明智先輩が水を注《さ》してきた。「二十面相誕生の連鎖も、これで止まる。終焉《おしまい》だ、南」

南さんは頭《こうべ》を低《た》れると、含み嗤いに肩を痙攣《ふる》わせ、くつくつと声を漏らし、やがて、会場全体に響き渡るほどの呵々大笑《かかたいしよう》に身を反《そ》らせた。かとおもうと嗤いすぎて噎《む》せ込んで、可愛らしい咳嗽《せき》に肩を跳ねさせる。

「なにがおかしい。解体屋《スクラッパー》は解体《バラ》した死体のことをおもいだして笑うというが、それか？」

「『もう、知《わか》っていたんだよ、明智くん』」

南さんは声色を変え、《死体くん》の首を揺らし、人形が喋っているよう演《パフォーマンスを》じて見せる。

もちろん、巧くはない。影絵の後録《アフレコ》と同じ無芸者《だいこん》っぷりだ。

「『断罪の失敗、警察の包囲、この後のことも僕たちは知《わか》っているんだよ。すべては暗黒星が導き出していたんだから。そうだよね、お姉ちゃん』――ええ、そうよ、佑樹《ゆうき》。このお兄ちゃんは、自分が勝ったとおもっているようだけれど、勝った時点で実は負けていたってことには気づけなかった。『笑っちゃうね、お姉ちゃん』——そうね、笑っちゃうわね、佑樹」

佑樹とは南さんの弟の名前だろうか。なんて滑稽で、哀しい腹話術なんだ。下手くそな腹話術を披露する南さんの後ろで、映写幕《スクリーン》の映像に変化が起きる。

鈍色《にびいろ》の夜を背に、白い外套《コート》を風に弄《あそ》ばれている人物が映写幕《スクリーン》に映っている。トラス構造のデッキの高みに佇《たたず》む怪人は、金属質の髑髏の仮面をかぶり、暗い眼孔《あな》をぼくらへ向ける。

「そこにいるよね、明智君」

そのひと言が明智先輩の凍えた表情を打ち砕いた。いつもは不機嫌そうに「へ」の字に閉じられた口も、無関心に尖った目も、このとき許《ばか》りは驚愕に大きく開かれていた。

それで、わかってしまった。あの人物が誰なのか。そして今、何が起きているのか。

実をいうと、ぼくは数式の中から、この兆候を感じ取っていた。

明智先輩は、暗黒星は失敗だと断言したけど、それは、浪越さんの死を以《もっ》てして、二十面相が盤石な神話と化すとおもったからだ。ところが、違ったんだ。暗黒星は浪越さんの死で終わる数式ではなかった。この後の復活も想定していたはずなんだ。

暗黒星を読んでいる時、ぼくはM《マルコ》とM《マタイ》の福音書《ふくいんしょ》の数節を思い浮かべていた。もちろん、大切な数式に、浪越さんがそんな安易な符号《コード》を入れるはずもない。これは、とても判り易い「奇跡を起こすための初期設定《デフォルト》」を偶々《たまたま》、数式が弾きだしたに過ぎない。死と復活——これ

ほど人々の心に強く記憶される奇跡はない。三年前に焼身自殺で死んだはずの浪越さんは

……そうか、この南検視官なら可能《できる》んだ。浪越さんの死を演出し、警察の網の目を掻い潜って、この復活劇《リバイバル》を上演することが。南検視官《かのじょ》は、死んだ《救い主《メシア》》の遺体を引き取って、復活の日まで隠し続けたJ《ヨセフ》なんだ。

石になったように沈黙していた会場の有象無象《ひとびと》が再び、騒《ざわ》めきだす。

「見ろ、あれは」「また二十面相なのか？」「サザンテラスか」「一寸《ちょっと》待て、これは三年前の動画か？」「否《いや》、違う、これは今起きていることだ」「もう一人出たんだ」「二十面相が」

魔女の嗤《わら》いが、喧《かまびす》しい会場を引き裂く。

「きゃーはっはっはっ！　名探偵、いい表情《かお》！」

「確保だ！」

中村警部が手を挙げると、近くにいた警察官たちが一斉に南さんを取り押さえる。その隙間を縫って、手負いの獣のように弱々しく、けれども警戒心を尖らせ、宗像博士は何処かへ逃げ出そうと床を這いずっている。あのような醜態と悪事が露呈したからには、この世に自分の味方など人っ子一人いない、そう自《おの》ずから絶望したのだろう。声をかけ、手を差し伸べる者たちに奇声を浴びせかけ、手あたり次第に摑み取った肉叉《フォーク》や洋食刀《ナイフ》を振り回した。

明智先輩は映写幕《スクリーン》に映る、かつての友から目を離さなかった。

「生きていたんだな……浪越」

「どうかな」

「お前には、いいたいことが山ほどある」

「ほんとに？」

浪越さんの声は嬉しそうに弾んでいた。こんな声をしているんだ。穏やかで、優しく、柔らかい。けれども、少しそれが怖い。

「そこにいろ」

「待って、明智君」

映写幕《スクリーン》の浪越さんには、会場を飛びだそうとしている明智先輩のことが視えているようだった。

「怖いのか。俺に会うのが。お前の暗黒星を否定されるのが」

違うよ、と浪越さんは兜帽《ヘルメット》を脱ぐように髑髏の仮面を取る。屍《しかばね》を模《かたど》る甲殻の下から、解放された赤焼《あかや》けの髪が風に散らばる。

きれいな人。それがぼくの持った印象だ。仮想《イメージ》していたよりも、その姿には現実味のない、どこか絵画めいた幻想美があり、端整な面立ちは天使のように中性的で、触れ難い驚きで満ち溢れていた。深く、痛々しい、赤々とした傷が、白肤《しろはだ》の頬に南十字星《サザンクロス》の如く交錯してさえいなければ、ぼくは完全に魅入られてしまったことだろう。ただ、この誘引性には、ある種の嗜虐主義者《サジスト》をも招き寄せる危険も孕んでいるような気がしてならない。これほど繊細で精巧な美が無残な疵物《きずもの》にされている姿は、悪魔的な欲求を呼び覚まし、毀《こわ》したい、穢《けが》したいという赤黒い願望と啓示に抗《あらが》えない者もいるだろう。残酷極まりない類の傷は、おそらくそうした誘いに敗北を喫した者たちから付けられたものに違いなかった。

もうひとつ、驚かされたのは瞳だ。妖精でも視つめているように、茫乎《ぼんやり》と霞んでいるのに、その奥には確固たる自信を湛えているのだ。絶望の染みつく、濁りきった瞳を想像していたのだけれども、あるいは〝死んでいた〟数年で変わったのかもしれない。

「ごめんよ、明智君。今はまだ、君に会う時じゃない。そこで、僕たちの暗黒星が導き出した一つの証明を一緒に見届けてほしいんだ」

「僕たちだと？　暗黒星が俺のものでもあるのなら、どうして俺はこんなにも深い混沌《カオス》に落とされ、踠《もが》いているんだ」

「それは屹度《きっと》、君が僕を赦せないからだよ」

《後継者》の哄笑《おおわらい》、脳神経外科の権威の奇声《くるったこえ》、警察官たちの鯨波《ときのこえ》、大衆媒体《マスコミ》の報道《リポート》、来賓たちの喧騒《さわぐこえ》、そのすべての聲《こえ》を緊張に強張らせるような、けたたましい破壊音が会場中央で飛び散る。

六百瓩《キログラム》はあるベネチアン・グラスの装飾電灯《シャンデリア》が、大広間の中央に落下したのだ。

そこは偶々《たまたま》、宗像博士が周囲を脅しつけ、刃物で威嚇していた場所なので、うまい具合に人払いができていたため、只一人《たったひとり》が下敷きになるだけで済んでいた。血と硝子片の紅焔《プロミネンス》の中央には、宗像博士の命が、死の太陽の中心でじりじりと焦がされている。

鶏舎《けいしゃ》を蹴飛ばしたように悲鳴が飛び交う。

「《断罪《ころ》》したな」

「起こるべくして起きた、事故だよ」

「虚妄《きょもう》の言に迷わされはしない。これは確率計算によって導き出された事故なんかじゃない。お前が二十面相を生みだす理由、それは偶然と名づけた故意の悪意を生じさせるためだ。この会場に何人の二十面相がいる？ そいつらが起こすことを、すべて起こるべくして起きた偶然、事故だと言い切る積もりなのか？」

悪役なら、ここで嗤うのかもしれない。でも、浪越さんは笑ったんだ。

「君は家の庭に何匹の蟋蟀《こおろぎ》がいるのか、知っているのかい？」

「知る必要がない」

「僕も同じだよ。二十面相はもう、自然に生み出される存在なんだ。木石《ぼくせき》花鳥《かちょう》と同じだよ。僕が生みだして、やらせているわけじゃない」

映写幕《スクリーン》の生映像《ライブえいぞう》から、ＰＣ《パトロール・カー》の警笛《サイレン》やヘリの回転翼《ローター》音、実況者《リポーター》の中継の声が聞こえてくる。浪越さんは目を閉じて耳の裏に手を宛《あて》がい、野鳥の声でも聴いているようだ。

「ここも騒がしくなってきたよ」

「中村警部！」警官が中村警部の元に駆け寄る。「駅周辺に髑髏の覆面《マスク》を被った者が」

「つたく、ネットで本物見て興奮した馬鹿だな。PC《ピーシー》一台、回しとけ」

「いえ、それが、髑髏の覆面《マスク》をかぶった集団で、暴動を起こしているようなんです」

「――二十面相の集団だと？」

外も慌ただしくなってきた。静かなのは映写幕《スクリーン》と会場を繫ぐ、かつての友との会話だけだ。

「偖《さて》、迚《とて》も名残惜しいけど、いったん、ここでお別れだ。また会おう、明智君」

浪越さんが天を仰ぐように両腕を拡げると、その身体は緩慢《ゆっくり》と後傾《こうけい》する。

「まてっ、浪越っ！」

「明智先輩！」会場を飛び出した明智先輩の後を追おうと、高価な絨毯を蹴って馳出《かけだ》すぼくの肩を、誰かが優しく摑んだ。この時、ぼくが最後に聴いたのは、デッキから落ち、映写幕《スクリーン》から姿を消す間際の浪越さんの言葉《まこと》だ。

「二十面相は再び、現世から夜の夢《ゆめ》へ」

【羽柴、頭《こうべ》を垂れる】

二十面相は、やはり《怪人》だった。

警察やマスコミ、多くの聴衆の視線の網の中、忽然と、そして、堂々と姿を消して見せた。その代わりにネットから生み出された張三李四《ちょうさんりし》の二十面相たちが各地でデモや暴動を起こした。彼らの正体は《不満者》たちだ。社会に不満や理不尽を感じながらも、変えるだけの声《ことば》も力も持たず、ただただ心の中に溜めこんでいる鬱屈者たちだ。自身を社会の不適合者だと信じている者たちだ。二十面相の同調者《シンパサイザー》たちは以前から、三年前の《原初《オリジン》》の動画を度々ばら蒔き、社会の理不尽を糾弾していくことで、危険な新社会思想《ユートピア》を若年層に植え付けようとしていたが、この《不満者》たちは、そこにぴったりと嵌まってしまったんだ。《原初《オリジン》》と《後継者》が世間を騒がせている頃、同調者《シンパサイザー》たちはネットで《不満者》たちに《断罪》運動を呼びかけていた。そこにお祭り好きやお騒がせが混じって、あの夜、日本は大混乱に陥ってしまった。この混乱に乗じ、《原初《オリジン》》の浪越さんは、どこかへ潜伏したとされている。

脳神経外科の権威、宗像柳一郎のことは不運な事故として大々的に報道されたが、その死を惜しむ声《コメント》は一つもなかった。それより、これまで隠されていた医療の闇が、この件を切っ掛けに次々と暴かれることとなり、報道はそちらの方に大忙しだ。社会は膿を絞り出す恰好の機会を得たのかもしれない。

社会の変質——いくら膨大な情報であったとしても、たった一つの数式が世界を変えうる力を持つなんて、俺はまだ信じられない。そんなことができるのなら、歴史上の暴君、独裁者たちは、数学者を集め、その力を得ようとしたはずだ。数式が社会を変質させるのではなく、結局はテロリズムと同じように、理不尽に対して理不尽な力で対抗し、後から正当性を訴えるやり方だと俺は思っている。今回の事件《さわぎ》がいい例だろう。

ネットだけは不変だ。なにも変わる様子がなかった。

『浪越復活！』『今度こそ本物だよな？』『なみこしたん、ラスボス感はんぱねー』『明智は負けっぱなしだな！』『サザンテラスの事件、どうして報道されてないの？』『警察の十八番——隠蔽！』『公僕の犬っぷり！　腐ってんな！』『マスコミもいいなり』『腐腐腐腐腐腐腐腐腐腐』『腐った社会を殺してくれ！』『頼むぜ二十面相』『まかせろ』『お前かよ』

世界にも僅かながらの影響があったようだ。

アメリカの報道番組で、過激なコメントで有名な某雑誌編集長が、二十面相事件を「明確な理想を掲げた真っ当な抵抗運動《レジスタンス》だ」と賞賛し、大問題となった。どれぐらい問題になったかというと、そのコメントの数時間後、海外では二十面相の髑髏マスクを被った者が、学校銃撃《スクール・シューティング》をする動画が数え切れないほどアップされた。

どうでもよかった。

俺にとっては社会がどう変わろうと、世界に影響があろうと、知ったこっちゃない。羽柴家《うち》には、とんでもない経済的な影響があったみたいだけれど、それよりも俺は後悔で胸が張り裂けそうになっていたんだ。

離してはいけない手を、俺は離してしまった。そのことが、悔やんでも悔やみきれない。

あの夜、俺は傍にはいなかった。

宗像博士の事故死、南検視官の逮捕劇のあった、あの会場に俺はいなかったんだ。

俺なんか、いらない気がして、行かなかったんだ。

馬鹿だった。俺たちはいつも一緒だったのに。無二の親友だったのに。

羽柴財閥の御曹司《おぼっちゃん》。それだけで、俺は特別視されてきた。大人たちは作り物の笑みを顔に貼りつけ、蠅みたいに揉み手で擦り寄ってくるし、同じ年頃のやつは自分たちとは違う生き物として俺に距離をおいて見ていた。友達なんてものは、一人もできなかった。仕方がないんだ。あの頃の俺は、本当に厭な奴だったから。

俺はいつだって学級委員で、いつだって上から目線で、ルールや風紀ってやつに厳しかった。授業中に騒がしい奴は、学級会で磔《はりつけ》にして問題にした。宿題を忘れてくる奴は、放課後に残してやらせた。給食を残した奴は、食べ終わるまで帰さなかった。教室の掃除をサボったやつは、三日間、一人で掃除をさせた。決められたことを守らないのが信じられなかったんだ。俺の家が厳しかったからだろう。

俺があまりにも厳しかったせいで、俺対クラス全員という異例の学級会が開かれることになった。「羽柴君は厳しすぎる」「羽柴君のせいで学校がつまらない」「羽柴君は学校に来てほしくない」と集中砲火を浴びる俺に、担任の先生まで「ちょっと羽柴は真面目すぎる」と言いだしたものだから、結果、何もかも俺が悪いことにされてしまった。確かに俺はクラスにとって邪魔な存在だった。良かれとおもってしてきたことが、みんなの迷惑になっていたことを初めて知って、俺はみんなの前で大号泣したんだ。

そんな時、小林が手を挙げて、「ルールを守っている羽柴君が泣いていて、ルールを守らなかった人たちが彼を責めている、この学級会の意味がわからない」と先生にいった。「羽柴君が煩くいうのは、みんながルールを守らないからで、守っていれば煩くはいわなかった。原因は自分たちなのに、羽柴君がいるから学校がつまらないというのは、自分たちがだらしないがために招いた結果を彼一人のせいにする、卑怯な言葉だと思う」

俺を糾弾したクラスメイトも、先生も、ぐうの音も出なかった。

おかげで俺は少しずつ、クラスで受け入れられるようになり、信頼も得ていったが、代わりに小林が異端者扱いをされていた。俺は小林に恩返しがしたくて、彼をクラスに溶け込めるようにしようとしたんだけど、小林はそれを拒否したんだ。

「いいんだよ、ぼくは。元から、いつもひとりだったし」

「でも、ひとりは寂しいし、つまらなくないか？」

「興味がない人と一緒にいても、会話もしないんだから、ひとりでいるのと変わらない」

「どうして、俺とは話してくれるんだ」

「羽柴君は、羽柴君の色がある」

「え？　色？」

「みんな、他の人の色を気にしたり、顔色を窺《うかが》ったり、自信がなくて同じ色にしてみたり、自分の色を隠して嘘をついたり、なんだか息苦しそうで、ぼくは色の見えない人とは一緒にいたくない」

「俺には、色があるのか？」

「あるよ。羽柴君は、どこから見ても羽柴君だもの。だから、一緒にいるんだよ」

俺は小林に救ってもらった。だから、俺は小林が困っている時、すぐに手を摑んで助けられるように、いつも一緒にいたんだ。

それが、最近になって少しずつ変わっていった。摑む手が、だんだんと遠くなるのを感じてしまった。俺の言葉《こえ》が、だんだん響かなくなっていることに気づいてしまった。俺の目が、あいつの背中ばかりを追いかけていることで悟ってしまった。俺はもう、必要がないんだ。

小林は今が愉しいといっていた。だから、俺がいなくてもよくなった。俺と一緒にいたのは、ただ退屈だったからなんじゃないのか。空虚を満たしてくれる人々や事件があれば、俺はもう、要らないんじゃないのか。

小林に向けられた、あの何も映っていない、光のない昏《くら》い瞳を向けられた時、俺は怖くなってしまったんだ。小林が俺を必要としなくなる、その事実を、本人の口から聞かされることが。

だからなのか。

俺の前から、小林は消えた。

【小林と浪越の二重奏《デュエット》】

――小林、虜になる。

目の前の壁一面にある大きな時計の文字盤が、夕春日《ゆうづくひ》の黄金色に霞んでいる。正確には文字盤の裏面で、逆向きの希臘《ギリシャ》数字と三本の針が落とす影は、魔方陣のようにぼくの足下に広々と敷かれていた。この文字盤には見覚えがある。

そうだ、時計塔《クロック・タワー》だ。この街の象徴《ランドマーク》の一つ。何度か下から見上げたこともある。ここはその時計盤の裏側だ。

そんな場所で、ぼくは不自由な姿だった。後ろ手に手錠を掛けられていたのだから。

警察官が包囲する社交会場から、ぼくを大胆にも拉致してのけたのは警察官だった。顔は覚えていない。目深《まぶか》に帽子をかぶっていた。記憶にあるのは、湿った手巾《ハンカチーフ》で口元を塞がれたところまでだ。強力な催眠性の薬品を使われたのだろう。ぼくって、こんなのばっかりだな。

ヴヴヴヴヴ、ヴヴヴヴヴ、大きな虫の翅音《はおと》がする。

傍《そば》に携帯電話が落ちていて、緑色の光で画面《ディスプレイ》を灯しながら震えている。ズボンの衣嚢《ポケット》から滑《すべ》り落ちたのだろう。画面《ディスプレイ》には、たった一件だけ登録している携帯電話の番号と名前が表示されている。

羽柴君だ。

なんだろう。なにかの約束をしていたのだっけ。まるで、おぼえがない。ずうっと鳴っていたのかな。だったら悪いけど、でも今の今まで眠っていたのだし、まだ、出られる具合《ぐあい》ではないのだから、仕方がないよね。でも……あれ……なんだか妙な感じだ。最近、羽柴君と話をしたのは何時《いつ》だったかな。最後に会ったのは何処《どこ》だったっけ。

どうにも変梃《へんてこ》な心持ちだ。まるで、羽柴君の記憶が、靄がかかって薄《うつす》らとしているように不安なのだ。抑々《そもそも》、ぼくが羽柴君とおもっている人は、果たして羽柴君なのか。

そんな頼りないこと許《ばか》りを考えていると、後ろから硬い靴音が近づいてきた。

小さい銀色の鋲《びょう》が埋め込まれた、底の厚い黒革の長靴《ブーツ》。肌に纏《まと》いつくように細く絞られ、金属板《プレート》を縫い付けた帯《ベルト》が太腿を引緊《ひきし》める革の筒服《ズボン》。死者の霊魂と云われる蛾《むし》を彷彿させる白い総々《ふさふさ》の外套《コート》。先刻《さっき》、会場で見ていなければ、この時計塔《クロック・タワー》の主《あるじ》だと名告《なの》られても、ぼくは少しも疑わなかっただろう。

「荒っぽい真似をしたね、すまない」

そういって、ぼくの後ろに屈むと、ごそごそとやりだす。手錠を外してくれるようだ。この人からは、紫丁香花《ライラック》の香《インセンス》のような甘い匂いがしていた。

「浪越さんですね」

「君が小林君だね。南さんから聞いているよ。拉致されたというのに、ずいぶんと落ち着いているものだね」

「慌てる理由がありませんから」

「さすが、彼が選んだだけはある。さ、楽にして」

手錠を外されると、ぼくは大きく伸びをした。すると、息が産毛を擽《くすぐ》るほど、浪越さんの白皙《はくせき》の面《かお》が傍《そば》まで寄せられる。そこには、ぼくという存在を観察し、純粋な好奇に艶《つや》めく目があった。

「どうだい？　明智君の傍は」

「そうですね。退屈しません」

「うん、君とは気が合いそうだ」

莞爾《にこり》と笑うと目がなくなる、好もしい表情を持った人だ。

「ぼくを、どうしてここに？」

「つまらない話を聴いてほしいんだ。いや、そんないい方では、たった一人の聴衆に失礼というものだね。せめて、こう盛り上げておこうか。怪人二十面相誕生の秘話」

ぼくは、うーんと唸った。浪越さんは目をぱちくりとさせる。

「お気に召さないかい？」

「実はもう、明智先輩から聞いてしまいました」

ああ、それは構わないよ、と浪越さんは頷いた。

「だってそれは、表側の話なのだからね」

「表側？」

「今から僕が話すのは、この場所と同じ裏側さ。君が明智君から聞いた話の舞台裏《バック・ステージ》だよ」

――浪越、傷つけられし者

少年は穏やかな心を具《も》っていた。

新たな生命《いのち》が芽吹くことに喜びを感じ、枯れ尽きる命を前に涕《なみだ》を零す。風が吹けば嫋《たお》やかな流れに身を任せ、雨が降れば立ち停まって響《おと》を愉しみ、季節の移ろいを窓辺で頬杖ついて眺むることに、何よりの幸せを感じていた。

毎日、飽くことなく音楽を愛でた。好ましいのは一曲のみだったが、その曲を繰り返し聞いている時間《ひととき》は、呼吸《いき》をすることよりも大切な、何物にも代えがたい宝物だった。

少年は風や陽だまり、鳥の囀《さえず》りから愛された。ああ、森羅万象《このよのすべてのもの》が少年に優しければ、彼はまた違った人生《いきかた》を歩むことができただろうに。

哀しい事実だけれど、少年はどういうわけなのか、人からはこれっぽっちも愛されなかった。不思議なものだ。人の嫌悪するような真似や、心ない言葉を無神経に吐くような癖もなかったし、人の気分を害するような、七面倒《しちめんどう》で狡賢《ずるがしこ》い性格《たち》でもなかった。容姿にしたって、醜いということもなく、押しつけがましく美を誇示するような厭味なところも、まるでなかったはずだ。

人の足を引っぱることも避けたかったから、出来得《できう》る限りは自分《おのれ》を出さず、身形《みなり》も地味で目立たぬものを選び、絵や文章なども却々《なかなか》、手綺麗《てぎれい》に仕上げるほうではあったけれど、こちらも極力、生硬《せいこう》なふうを装う。陽が燦々《きらきら》と眩しい時も、人前では日向《ひなた》を避け、日陰のなかに身をずぶずぶと沈める。そうしていると割りかし、人目につくこともないので、誰の迷惑にもならぬというわけだ。こうまでして心がけていたはずなのに、尤《もつと》も愛してほしい存在に愛されなかったのは不幸だった。

「ただいま」

毎日、厚く重たい扉を開かなければならない。厚く視えるのも、鉄塊の如き重みを感じるのも、少年の心境《こころもち》によるものであって、実際は押しなべて何処の世帯にも見られるような、開け閉めするに無理のない家の扉だった。

　家では「ただいま」といっても、「おかえり」と返ってきた様《ためし》はない。だからといって「ただいま」といわないわけにもいかず、いわなければいわないで、今度は帰っていないものと看做《みな》され、家から追い出されてしまい、寝床も風呂も食事も与えられない。けれども、まだそれは親の機嫌が甚《はなは》だよい時で、機嫌の悪い時などは「ただいま」といっただけで聲《こえ》が小さいとか、逆に聲が煩いとか、そういう道理に合わない理由でも殴られる。

「おい」と、声音《こえ》を落とし、長椅子《ソファー》から父親がのっしりと腰を持ち上げると、これはもう殴られるお極《きま》りの流れ。殴られる理由のないことなどザラで、そんなものは後で考えればいいという自由な教育方針だった。ある時は、髪型が気に喰わないといって殴られた。正確には、髪を鷲摑《わしづか》みにされ、壁に頭を強《したた》かに打ちつけられ、それから殴られた。屈みこむ行為は、蹴ってもよいと看做《みな》されるので、どんなに苦しくても歯を喰い縛って我慢をし、座り込まないようにするけれど、それはそれで、その神妙面《しんみようづら》に腹が立つとか難癖つけられ、結局は殴るか蹴るかはされる。ほうら、今も洋下履《スリッパ》の爪先で意味もなしに顔を蹴られた。

　殴られる正当な理由がある時は、拳だけでなく言葉までもが少年を殴る。

「学年二位に落ちたんだってな。怠けやがって。この愚図が」

「だめね。勉強くらいしか取り柄がないくせに。生きている価値があるのかしら」

「中学の勉強ごときで、なにをもたついているんだ、蛆虫野郎。首でも括れ」

ごめんなさい。ごめんなさい。少年は謝ることしかできない。けれども、謝ったところで許されるものでもない。父親の蹴りが横腹に突き刺さり、思わず「あっ」と声を漏らすと、近所迷惑だからと踵《かかと》落としを喰らう。「いっ」なんて声をあげようものなら、今度は大袈裟に騒ぎやがってと殴られる。こんなに殴られていると頭《おつむ》が緩《ゆる》んで呆《ほう》け者《もの》になってもおかしくない。懸念はそれだけじゃない。こんなに非道《ひど》い暴行が学校に露顕《ばれ》でもすれば大問題だ。だが、それらに関しては心配はなかった。父親は殴ることにかけては、そん定其処《じょうそこ》らの頑固親父よりも慣れている、謂わば、暴力の熟練 者《プロフェッショナル》なので、少年が毀《こわ》れぬ加減、身体に痕を残さぬ加減で殴ることなど朝飯前だった。

少年の生活《くらし》は、茨《いばら》に絡まれるかの如く、自由と呼ぶには程遠く、自由を求めて身動《みじろ》ぎしようものなら、膚《はだ》が割《さ》け、血を流すことになってしまう。家が牢獄というのは、斯様《かよう》に辛いことなのだ。生まれてくる親の人間性まで、子は選ぶことができないのだから。ああ、哀れな少年の居場所は何処《いずこ》。

「あれ、ここに虫がいる」「うわ、きたねぇ、踏み潰せ」「ああ、こいつ蹴ると落ち着くわぁ」「癒されるよな」「なあ、浪越君、ちょっと強く蹴るけどゲロしないでね」

ここは学校だが、概《おおむ》ね、起こることは同じだった。

教室《クラス》に不良《わるいひと》など一人もいない。皆、良い生徒許《ばか》りだった。けれども、なぜだろう。少年にだけは誰もが優しくはなかった。この場合、悪いのは少年になってしまうそうだ。不良でもない生徒たちが暴力を振るうのは、そうされる少年のほうに要因があるからだ。

来る日も来る日も蹴られていた。ヘッドホンで好きな音楽を聴きながら、硬く冷たいタイルの上で身を縮め、一向《ひたすら》、痛みに堪えていた。蹴っている生徒たちは不良ではないから、ヘッドホンを奪ったり、壊したりまではしなかった。大好きな音楽を愉しみながら、終わるまで小時《しばらく》待っていれば、そのうち、蹴るのにも飽きてくれる。楽なものだ。

他の生徒たちは少年を蹴ることはなかった。視界にも入れず、彼の鉛筆が足下に転がってきても、拾うような野暮な真似はしない。風さえ吹かぬといった顔をする。それでよかった。少年は誰にも迷惑をかけたくなかったからだ。屹度《きっと》、同級生《クラスメイト》もそれを察し、少年を、いないものとして扱ってくれていたのだろう。ああ、素晴らしき哉《かな》、級友《クラスメイト》。

「なんだぁ、浪越。また階段で転んだのか。気をつけろよぉ」

目の前で暴行を受ける姿を見ての教師のこの発言。完璧だ。教師の十八番《おはこ》は、見て見ぬふり。学校で暴力行為があると知れれば、教育委員会なる場所から厳しいお叱りを受け、学校の評価が著しく下がってしまい、結果、教師や生徒たちに多大な迷惑をかけてしまう。だから、階段から落ちたことにしてもらえるのなら、少年にとっても願ったり叶ったりだった。

生まれてみたら、其処は地獄だった。

生まれた場所が、地獄だった。

　じゃあ、生まれてこない方がよかったのか。

少年は自分の生誕を呪う。この世に祝福されなかった自分を呪う。

なぜ、逃げなかったのか？　抜け出せなかったのだ。少年はまだ幼く、彼の世界は家と学校だけしかない。その二つの世界が地獄ならば、何処へ逃げられようか。


　けれども、少年は気づくことになる。

もう一つ、自分には世界が在ったことを。

其処は地獄ではなく、誰も立ち入らず、自分を自由に生かせる世界。

それが、数学だった。

正確には、数学は世界を作る材料だ。数学の世界でなら、あらゆることが可能であることに少年は気がつく。積木玩具《ブロック》遊びのように、発想次第で作れる物の数と種類は無限大だ。少年の知能は中学生にしては高いほうだったから、それほど難しいことではなかった。

　まずは、物語を作ってみた。王子と物乞いの物語だ。傲慢な性格の王子は衰退し、それに伴って真面目な物乞いは裕福になるという、極々普通の、どこにでもあるような筋《ストーリー》。推理物《ミステリー》も作った。事件を起こし、そこに「矛盾」を投じ、あとは探偵が「原因」を見つけて「証明」していく。ホームズのような「逆方向の推理」を駆使した作品も作ってみた。

　やがて、少年は、ある素晴らしい考えに辿りつく。

数学の知識で架空の世界が構築できるのなら、現実世界への介入もできるのではないか。そもそも数学とは、空間に関して研究する学問でもあるのだ。この世に存在するものは凡《すべ》て、数学でできているといっていい。集合住宅《マンション》だって、高速道路だって、車や航空機だって、誘導弾《ミサイル》だって、人だってそうだ。

少年は夢想する。数学なら宇宙を作ることも可能なはずだと。宇宙開闢《ビッグ・バン》を起こすこともできるのだ。悪魔的な発想をするのなら、世界に破滅を齎《もたら》すことだって可能なはず。

この頃だった。少年に宿る知性《デモン》が目覚めたのは。

――小林、妬く

「明智先輩と出会ったのは」

「それから、直《す》ぐのことだよ。この先のことは彼から訊いているよね」

「一緒に図書室で数式を作っていたんですよね」

「初めて、彼に図書室へ連れていってもらった時、どんなに嬉しかったか、想像《わか》るつくかい？」

「いえ、でも、愉しい時間だったんですよね」

浪越さんの目は遠く床《ゆか》しい昔を眺め遣り、眩しそうに細められた。

「君にもいるかい？　愉しい時間を共有《ともに》できる人が」

考えてみた。

羽柴君の顔が浮かんだけれど、泡沫《うたかた》のように消えてしまった。あれ。ぼくにとって、羽柴君は、そういう人なんじゃなかったっけ。

明智先輩は——あの人もまた違う。共有とかではなく、ぼくがあの人を追いかけているわけだし、それに先輩は今も浪越さんのものだ。

ぼくが考え込んでいると、浪越さんは「一寸《ちよつと》待ってね」と時計部屋から出ていき、ペットボトルの茶を持って戻ってきた。

「こんなものしかなかったよ。ごめんね」

御礼をいって受け取ると、直《す》ぐに飲み干した。咽喉《のど》が渇々《からから》だったから有り難い。

「明智君は缶珈琲《コーヒー》しか飲まないだろ？」

「そうなんですよ。あとは頭痛薬《アスピリン》ばかり服用してます。前から頭痛持ちだったんですか？」

浪越さんの瞳に揺らぎがあった。

「……それは僕のせいかもしれない。暗黒星《あんなもの》を置いて消えたんだ。彼は悩んだろうね」

「迚《とて》も大切にしていましたよ。誰にも触れて欲しくないようでしたし。ぼく、一寸《ちよつと》、妬けちゃいました」

浪越さんは困ったような、照れたような、曖昧な笑みを見せた。

「そうなんだ……ところで、僕の物語はどうだい？」

迚《とて》も痛々しい話だ。ぼくは幸運にも家庭や学校で暴力の洗礼を受けたことはないけれど、浪越さんの話す物語の主人公「少年」と自分とが、何度も重なって聞こえることがあった。ぼくは浪越さんの物語を通じて、「少年」となにかを共有していた。それは痛みではない。孤立感だろうか。喪失感かもしれない。否《ううん》、どれもピンとこない。それもそうだ、ぼくは独りを厭わないし、失うものもない。でも、確かに何かが、ぼくと「少年」を聯結《リンク》させた。

「どうして、明智先輩に助けを求めなかったんですか？」

「君は彼を英雄《ヒーロー》かなにかと勘違いしてやしないかい。僕らは中学生だったんだ。なにができて、なにができないか、それはわかるだろ。それに僕は、そんなくだらない理由で彼に救いを求めるのは厭だったんだ。彼とは対等でありたかった。だって」

「はじめての友達ですもんね」

小さい子供のように、純心な眼《まなこ》を潤ませ、浪越さんは頷いた。

「つまらないことで僕らの貴重な時間を無駄に削りたくなかった。僕らの時間は有限だ。だから、暗黒星を完成させるためだけに使いたかったんだ」

「でも浪越さん、先輩って、ああ見えて強いんですよ」

ぼくが幻視《み》た、あの頃の陽だまりの中の浪越さんが、そこにいた。

「知ってるよ」

——浪越、笑う

「なーみこしくん」「あーそびましょ」「今日も蹴らせてね」「いくぞ、せーのっ」

掌大の草履虫《ゾウリムシ》が少年の背中や腹や腰に痛みを与えてくる。

現世《うつしよ》は少年にとって、優しくない儘《まま》だった。

暴力は家庭でも学校でも不休で続いた。辛くはないわけではないが、図書室へ行けば、明智少年との愉しい時間が待っているのだとおもうことで、幾分か救われていた。痛みからは逃げられないけれど、心の逃避場所ができたことは少年にとって大きい。

ヘッドホンを両手で押さえ、結ぶように目を堅く閉じ、少しでも小さくなれるように、ぎゅっと身を丸めていると、はたと、身体中に突き刺さる痛みがなくなった。

緩慢《ゆっくり》と瞼を上げると、少年を蹴っていた生徒たちの一人が転がっていて、顔をくしゃりと歪めて身を捩っている。なにが起きたのかとヘッドホンを外し、顔を上げると、明智少年が俊敏な動きで屈む瞬間だった。彼のぼさぼさの髪がふんわりと空気を吸って浮いたようになり、一人の生徒の鳩尾《みぞおち》に拳を突きだした。その一撃で倒れた生徒を乗り越えて、如何にも雑魚や鼠輩《そはい》の吐きそうな虚勢滴る台詞を吐いて殴りかかってくる生徒たちを、明智少年は靴がきゅっきゅと鳴るほどの機動性《フットワーク》を見せ、足を引っかけて転倒させると、懐に入り込んで突きを打ち込み、次々と倒していった。まるで漫画や映画の主人公を見ているような鮮やかさだった。

最後の生徒が倒れると、明智少年は床に転がっている少年に手を差し出す。

「遅いから来てみたら……俺よりも、こいつらといる方が愉しいのか」

「ち、違うよ、明智君、僕は」

「いうな。わかってる」

少年は頷くと、明智少年の手を握りながら、力なく揺れているだけのもう片方の腕に目がいった。その視線に気づいた明智少年は舌打ちした。

「脱《はず》れたよ、肩」


窓から秋めく夕明かりが射しこみ、図書室は凡《すべ》ての影が斜めに傾いで、古い写真が映す一光景のようになっていた。多くの人はこの光景を黒褐色《セピア》と呼ぶ。確かに間違ってもいないし、表現としては合っているのだろうが、大事な想い出の中の一光景を、そんな使い古された当たり前の言葉で纏めたくはなかった。少年は、この日の光景を色だけでなく、音や温度でも記憶しているからだ。

上着《ブレザー》を脱いで丁襯衣《ティーシャツ》一枚になった明智少年と、制服を靴跡だらけにした少年の影だけが図書室で揺れている。

「じゃ、さっき教えたとおりに頼む」

少年は緊張気味の表情で頷くと、明智少年の腕を持って、慎重に緩慢《ゆっくり》と回すように動かし、

「ふっ」と力を入れて肩に押し込む。ごりごりと厭な音がし、明智少年の表情が歪んだ。

「……よし……入ったな」

「あの」

今日はありがとう、助けてくれて――そんな言葉でいいのか、わからない。助けてもらうことなんて、これまで一度もなかった少年は、相応しい感謝の言葉を見つけることができず、口を彷徨わせた。

肩を回しながら、明智少年は「なあ」と声をかけてきた。

「なに聴いてるんだ？」

「え？」

「ヘッドホンで聴いてるだろ、いつも」

少年は少し躊躇いながらも、首からかけていたヘッドホンを明智少年に渡した。

「古い年代の歌曲《バラード》だよ。ラジオで流れているのを聴いて気に入ったんだ」

親は「こんな暗い曲を聴いているからお前は暗いんだ」と少年を殴ったけれど、明智少年に聴かれるのは別の意味で緊張した。彼が音楽に関心を持つとは思えなかった。

ヘッドホンに片手を添え、瞼を閉じ、玩味《あじわう》するように音楽を聴いていた明智少年は、小さ

く頷いた。

「うん、悪くないな」

ぞくり。鳥肌が立った。また、繋がれた。今まで誰とも繋がることなどなかった、そんなことは望みもしなかった少年が、数式《ゲーム》で、図書室《オアシス》で、音楽《ウタとオト》で、他者と繋がることができた。それは、この世界に自分ひとりだけではなかったという証。この喜びを、他に表現しようがない。もっと、彼と繋がりたかった。

明智少年は曲を最後まで聴き終えるとヘッドホンを外し、傍らの少年に訊ねた。

「なんて曲だ？」

「『LAST DAYS』だよ」

「こういうの、よく探してくるな。また聴かせてくれ——痛っ」

ヘッドホンを少年の首にかけようと腕を伸ばした明智少年は顔を歪め、肩を押さえる。

「大丈夫かい？」

「くそ、まだ入りきってなかったか」

「強くても脱臼はするんだね——じゃ、もう一回、やってみるよ。腕、貸して」

「これが通信空手の限界だな」

「え？　通信？」

明智少年の腕を回しながら驚いた顔を上げる。

「これでも有段者なんだが、形《かた》は身についても、体力と筋肉が追いつかない」

「あはは、じゃ、筋トレ、したほうがいいね」

明智少年は急に無言になると、まじまじと少年の顔を覗きこんできた。

「な、なに」

「前から思ってたんだが、いい顔で笑うよな、お前」

初めてだった。そんなことをいわれたのは。笑うと、「何がおかしい」と父親は腹を立てて殴ってきたから、自分の笑顔は人を不快にさせるものだとばかり思っていた。抑々《そもそも》、少年は自分が笑っていたことさえ、気づいていなかった。

誰にも愛されず生きてきた少年にとって、明智少年のくれた言葉は、あまりにも甘美な毒だった。

自分の笑顔をいいといってくれる人がいる。

それだけで、生きていてもいいんだと、自分を許してやれた。

少年は、友のためにも、この笑みを忘れないようにしようと心に誓う。

——小林、首を捻る

あれ。

どうして、涙が出るんだろう。

ぼくは、頰を腕で拭った。

「その曲は、いつも明智先輩が流しています」

「『LAST DAYS』、古い歌さ。二人の想い出の曲――そんな安いものではなかった」

「二人が同じ世界にいるという《証明》の一つだったんですね。じゃあ、今も二人は」

「そうか、明智君は今でも聴いていてくれているんだね。嬉しいな。でも、僕はもう随分、あの曲を聴いていない。所詮は音楽。彼を繫ぎ止めてはおけないとおもっていたから……小林君、僕はね、あの瞬間《とき》、理解したんだ。なぜ、明智君が自分と時間を共有してくれるのか」

「それは」

「やっぱり、数式なのさ。二人を繫いでいるものは、この難解な数式だ。これがなかったら、そもそも僕らは出会ってさえいなかった。対等の存在にはなり得なかった。そう考えれば考えるほど、大切なものに思えてくるじゃあないか。社会の変質、僕らがやろうとしていることは現実味がなく、途方もない。だから、いつかは明智君が興味を失ってしまうかもしれない。それだけは厭だった。《証明》が欲しかった。この数式が導くのは夢《ゆめ》ではなく、真《まこと》なんだという《証明》が。だから、決めたんだ」

――成し遂げるとね。

そういって浪越さんは頬の傷に触れる。白い蜘蛛《くも》が頬を這うように見えた。

次は、この傷の話らしい。

――浪越、実行する

終《つい》には、命を脅かされるようになる。

授業が始まった途端、少年は複数の生徒によって床に押さえつけられた。チキチキと、怪虫の鳴き声のような音が耳元で鳴り、頬に冷たいものが触れた。カッターの刃だ。

「なみこしちゃん、今日は手術しましょーね」「最近、お前、ニヤニヤしてるよな」「あれだろ、ツレの不登校生《ゆうれい》のせいだろ」「そのニヤケ顔、治してやるよ」「今日は助けに来てくれるかなぁ」「たすけてぇ、あけちちゅわぁぁぁん」「ゲラゲラゲラ」

来るはずもなかった。授業中に明智少年が図書室を出ることはない。数学の教師は少年たちに背を向けたまま、黒板をチョークでカツカツと小突いている。彼は正しい。数学教師の仕事は数学の授業なのだから。他の生徒たちも、まっすぐ黒板を見つめ、真面目に授業を受けている。時おり視線を寄越すが、その目は哀れむものではなく、虫の死骸を見つけた時のような、迷惑げなものだった。

「それじゃ、執刀スタート」

カッターの冷たい刃が音もなく頰に沈んでいくのがわかる。

悲鳴をあげることは許されなかった。ただただ震えながら、皮膚を切られるだけの人形となった。刃は頰を貫き、舌がチクリとし、血の味が広がった。少年は死を覚悟した。


「ごめんなさい、怪我をしたので早退しました」

帰宅した自分を見て蒼褪める母親に、まずは謝った。

「はぁ？　なんなのよ、あんたそれ、死ぬの？」

「いえ……まだ、まだ死にたくありません。死にたくない」

「なに、死なないの？　じゃあ、部屋に入っときなさい。気持ちの悪い」

親は少年を病院へ連れていく気はなかった。自分たちの虐待も露顕するからだ。

傷は深く、フェイスタオルを押し付けたら、すぐに端まで血の色が浸透した。夥しい出血で朦朧としながら、ベッドの上で死人のように冷たい我が身を抱きしめる。このまま死ぬのなら仕方がない。でも、もし生きていられるのなら、また図書室へ行こう。明智君と悪魔《デモン》を、暗黒星を育てるんだ。一緒に音楽を聴くんだ。笑顔を褒めてもらうんだ。そう譫言のように繰り返す。繰り返しながら、未だ見ぬ暗黒星の幻視《み》せる夢の中へと沈んでいく。


インターホンの音に、まだ自分が生きているのだと教えられた。

どれぐらい死んでいたのか。時間が気になり、顔を起こそうとするが動けない。

もう一度、インターホンが鳴る。

「夜分遅くにすみません、諒くんはいますか」

——あけちくん？

——明智君だ。来てくれた。来てくれた。明智君が僕を迎えに来てくれた。

この時の少年の喜び——それを表現できる言葉など、この世にはないだろう。この声が鼓膜に触れただけで、薄らいでいた意識が明瞭なものとなり、諦めかけた命を持続させねばならないという意思が強く働いた。すぐに図書室へ行かなければと、少年は鞄に手を伸ばしていた。

「なんだ君は。今何時だと思ってる！」

「常識ってものがないのかしら。うちの子にかかわらないでもらえます？」

——やめて……やめてよ……彼は友人なんだ。

「あの、諒君はっ、諒君の怪我の具合は——」

「なんだ貴様は！　息子は風邪だ。怪我などしていない！」

「もしかして、あなたなの？　うちの子をいじめてるのは」

——やめてくれ……やめろ……明智君を悪くいうな。

「近所迷惑だ、帰れ！」

乱暴にドアを閉める音がし、玄関からドスドスと重い足音が近づいてくると部屋のドアを蹴り開けられ、憤怒に顔を歪めた両親が入ってきた。

「あの非常識はなんだ！　学校であんな奴と付き合っているのか！」

「だから成績が下がるのよ。馬鹿と付き合うと馬鹿になるわよ」

――なんにもわかっちゃいない。なんにもわかっちゃいないくせに。僕が学年二位なのは、学年一位が明智君だからなんだ。

「ん？　顔色が悪いな。お前、死なないよな？」

「やだちょっと！　死んだら、なんのために育てたかわからないじゃない」

「死ぬんなら、ここで死なずに外で死ねよ。どこかで首を吊るなり川に飛び込むなりしろ」

「遺書は書きなさいよ。学校でイジメられましたって。つまらないことを書いて、育ててもらった恩も忘れて裏切るような真似はしないでね」

冗談には聞こえなかった。我が子に自殺を勧める両親《おや》がいるなんて、誰も信じないだろうが、事実、少年の両親は笑うことなく真顔で、そんなことをいってのけたのだ。

決定的な結論は、翌朝に出た。

――謝らなくちゃ。明智君に。昨日はさぞかし、気分を悪くしたことだろうから。ちゃんといわないと嫌われてしまう。会いに来てくれて、ありがとう。心配してくれて、ありがとう。笑うから、いい顔で笑うから、僕と繋がっていてください。同じ陽だまりにいてください。そう伝えなくては。

血の滲む絆創膏を顔中に貼りたくり、空腹と貧血による衰弱で蒼褪めた顔の少年は、自分自身が課した使命のために、足を引きずりながら通学路を歩いていた。

この時、朝の喧騒から漏れ零れた、あの会話を聞かなければ、また違う結論に至っていたかもしれない。

「聞いたかよ、明智の処刑」「Kたち、仕返しすんだって？」「それがさ、S先輩たちに頼んでボコってもらうみたいよ」「げ、Sさん容赦ねぇ人だぞ」「死んだら、すげぇことになるな」「ニュースになるかも」「ま、しょうがねぇんじゃね」

――処刑、仕返シ、死、ニュース、ショウガナイ

――アケチクンガ、コロサレル、ボクノセイデ、シンデシマウ

――助ケヲ呼ボウ、誰ニ？　先生？　ダメ。親？　ダメ。警察？　モットダメ。大人？ミンナダメ。人？　ダメダメダメダメダメ。ジャア、誰ニ？

少年は――僕は思い知った。

自分たちを守ってくれるものなんて、この社会にはない。知能が高くても、喧嘩が強くても、明智君だって一人の人間。脱臼しやすい中学生だ。それに、彼にばかり救ってもらっていたんじゃ、対等な関係にはなれない。

ならば、僕がやらないと。

そうだ、僕が明智君を守らないと。

——小林、浪越を受け入れる

「それでご両親とイジメっ子に、数式を実行したんですね」

「教師にもね。勘違いはしないでおくれよ。数式を実行するといっても、これは魔法の力じゃない。地味で、地道だ。まずは結果を仮定し、そこから逆算して、どのような経緯を辿るのが、求めている結果により近づけるかを導き出す。そして、その事象を起こせる可能性を弾くため、確率の計算が必要だ」

「その点は明智さんにも聴きましたけど、ぼくにはちんぷんかんぷんでした」

「誰にでも理解されては面白くないよ」

「むぅ。でも、暗黒星の製作を明智先輩は止めましたよね」

浪越さんの表情が翳る。

「明智君は、僕たち二人の結晶を——数式を使って《断罪》の執行をした僕に嫌悪を抱いたんだろうね。僕を拒絶したんだ。これまでに受けたどんな暴力よりも痛かったよ。でも」

少しずつ空気を送りこまれるビニル人形のように、むくりむくりと俯けた顔を擡《もた》げる。

「そうなることも暗黒星は示していたよ。僕ら二人は、別の路を歩くとね。だから、これでいいのさ。今はそれぞれ違う場所にいるのが、良い結果へと繋がる。然し果たして、どちらが現世《うつしよ》で、どちらが夢《ゆめ》の存在となったのだろうね」

「普通に考えると、浪越さんが夢の人ですよね」

「ならば、このままでいい。夢は真となる。僕はね、彼に見てもらいたいんだ。二人のあの時間は正しかったという《証明》を」

「浪越さんは辿りついたんですか。暗黒星は欠陥ではなかったのですか」

開いた頁から言葉を探すように浪越さんの瞳が波立つ。そして。

「Noscemus《ノスケムス》」

「ラテン語ですか？　わかりません」

「我々は知るであろう《Noscemus》」

神々しく、壮大な答えが返ってきた。

そして、浪越さんの顔色も、青白い透《す》き光《びかり》を受け、夜の水族館のように神秘的だ。

「——そうか。暗黒星の《証明》は今からなされるんですね」

「彼女にも——南さんにも見せたかったな」

聊《いささ》かも曇りのない瞳が遠くを映した。

「三年前の二十面相の焼身自殺は、南さんの協力で実現させたんですね」

「《原初《オリジン》》二十面相の検視報告書に記載されているのは、彼女の弟だ。彼女らは絶望的な憎悪と敗北感の中、暗黒星の賛同者となってくれた。──南さんの弟は、浪越を演じ、死んだ。彼は意味もなく死を迎えることをなによりも恐れていたからね。だから、重大な役割を持って死ぬことに誇りさえもってくれたよ。僕は彼の死を忘れない。いや、忘れさせない」

ぼくは安心した。南さんの弟の哀しくて無念な物語を聴いて、居《い》た堪《たま》れなくなっていたけれど、裁かれるべき者への《断罪》の象徴、暗黒星の一部となったんだから、それは、迚《とて》も素晴らしいことだ。

「僕は〝死んでいる〟あいだ、ずっと暗黒星の更新《アップデート》を続けてきた。明智君が解こうとしていたのは、更新《アップデート》前の古い数式さ。明智君の誤りは、三年前の僕の死が暗黒星を完成させるための自殺だと思い込み、そこから更新《アップデート》されているのを知らなかったことだ」

「成程《なるほど》。死ぬことで、明智先輩に邪魔をされずに、数式の完成を進める計画だったんですね」

「僕がいなくなった後の世界の明智君を見てみたかったのもあるね。すっかり忘れ去られていたらショックだったけど、彼は想像していた以上に、僕の暗黒《かげ》を追いかけてくれていた。感動しているよ」

もう、充分だ。ぼくは頷いて、立ち上がる。

「話は理解《わか》りました。ここに連れてこられた理由は、暗黒星を完成させる最後のピースに、ぼくの命が必要なんですね」

「ありがとう、小林君。そして同志《きみ》たちも」

髑髏覆面《マスク》を被った十人の少年少女たちが、ぼくらを見つめている。

「人は歴史に準ずる。今宵、ここで起こることは、ただの事件ではない。人々が度々振り返ることになる、重大な歴史として記憶に刻まれる」硬い靴音を響かせ、時計の文字盤へと向かって歩いていく。「後世、この夜に僕たちが遺したもののすべてに、人々は意味を探し求め、考えるはずさ」

両開きの扉を開くと、冷たい夜風が吹き込んで、甲高い音の尾を引いて耳を掠める。白い毛皮が聖獣めく浪越さんの外套《コート》が、命を宿したように暴れる。

「我々の死をもって、この腐った社会を一度破壊し、変革という花束を与えよう。この暗黒《セカイ》に相応しい光とともに」

ぼくは浪越さんの背中を追って外へ出る。時計塔《クロック・タワー》の最上階から見晴るかす新宿《まち》の姿は、宇宙《よぞら》に摩《ま》する高楼の群れ。光瞬《ひかりまたた》く墓石群。夜光虫の集《すだ》く黒い海。

もうすでに、幾筋もの赤黒い狼煙が昇っている。遠くで爆発音も聞こえた。救急車両のサイレンが彼方此方《あちこち》で鳴り渡り、鬨《とき》の声が大気を震わせる。

地上では髑髏を被く無数《かず》の怪人が拳を振り上げ、社会の汚穢《おわい》に火を放っていた。

「ごらん、死ぬには、いい日だ」

【私タチハ、世界ノ変革ヲ目ノ当タリニスル】

新宿警視庁。第三取調室。

猫背をさらに丸め、中村警部は青息吐息《あおいきといき》を零す。

「本庁《うち》の検視官が二十面相の内通者ってさ……そりゃ、尻尾、掴ませないよね。これまでの検視報告も、どうせあんたらの都合のいいふうにやってたんでしょ」

「てへ」

ぺろりと舌を出してお道化《どけ》る南は、医療服もトレードマークの牙柄《きばがら》のマスクもなく、イベント会場の食事への異物混入未遂と犯人隠避、その他諸々の罪がなければ普通の美人な女性だった。

「てへじゃないよ、ったく。で、今その二十面相はどこにいったんだ」

「いるじゃない、街中に。たっくさん」

「あのね南さん、わたしはね、昨日、サザンテラスから姿を消した《原初《オリジン》》のことをいってんの。わかってんでしょ。丸一日、あいつはどこで、なにしてるんだ」

「必要な時間なのよ」

「高飛びでもするつもりか」

「うーん、当たらずといえども、遠からずってとこね。人々の意識を孵化させるために必要な時間、とでも洒落てみようかしら。自力で殻を割った雛《ひな》たちは、変質後の社会で生きる力と権利という両翼《つばさ》を得る。もう、古びて腐った法律《ルール》には縛られず、新たな時代を羽ばたくの」

魔女の如き哄笑《こうしょう》が取調室内の重たい空気を割る。

こいつは重症だという顔で、中村警部は無精髭を掻く。

「わかってたけど、あんた、益々ぶっ飛んでるな。変に追い詰めると自害する口だよね」

「てへ」

中村警部が疲れた顔で、「続きは明日だ」というと、二人の警察官が南を立たせる。

「ちょっとは反省してください。南さん」

「バッハハーイ、中村さん」

※

マスコミは、はじめて、真実を報じた。

——新宿タワービル——通称、時計塔《クロック・タワー》、上空
不夜城《ふやじょう》を見下ろす巨大な時計の文字盤の上階《うえ》に、十人の少年少女が佇んでいる。
その上空を飛ぶ報道ヘリから女性アナウンサーが報じる。
「ご覧になれますでしょうか。骸骨のマスクを被った複数の男女がおります。その下にあります時計盤の下に、あれは……昨日、サザンテラスから行方を晦ませた少年Aでしょうか。白いコートを着た人物は、おそらく、三年前の怪人二十面相事件の主犯であり、焼身自殺をしたはずの少年であるとおもわれます。マスクはつけていません。それからもう一人、マスクをつけていない、えー、少女……でしょうか。彼らは一体、なにをしているのでしょう」

——新宿タワービル、正面玄関前
面長な男性アナウンサーが冷静なトーンと厳めしい表情で報じる。
「こちら新宿タワービル前です。今朝、当局に届けられた《予告状》と書かれた匿名の封書、その内容の通り、二十面相らしき人物が現れました。三年前、衆目の前で焼身自殺をして見せた少年A。後に《原初《オリジン》》と呼ばれる怪人二十面相が復活したというのでしょうか。予告では『二十三時に断罪の髑髏が革命の火を灯す』と書かれておりましたが、間もなく、その予告の時間になります。これから何が起きるのか、現場は緊張感に包まれております」

――KCテレビ、第二スタジオ、「報道REAL LIVE《リアルライブ》」

キャスター席には、すっかり夜の顔となった男性メインキャスターと、プロ野球選手とのお泊りデートがスクープされたばかりの女性アナウンサー。解説委員《コメンテーター》席には社会部部長、鶴《つる》見《み》文化大学法学部教授、「帝宝《ていほう》新聞」編集長が訳知り顔を並べている。

「ネット上では、三年前に焼身自殺をした二十面相、《原初《オリジン》》であるとする声が圧倒的に多いようですが、そうなりますと、いろいろと疑問が出てきます。まず、私たちはこれからなにを目撃することになるのでしょう」

「これは演出された復活劇でしょうね」

「復活劇、ですか。昨晩のサザンテラスは違うのでしょうか」

「あれはリハーサルです。今夜が本番でしょうね。時計塔《クロック・タワー》のような象徴的な建造物を占拠したことからもわかります。マスコミを意識しているんでしょう」

「目的はなんなのでしょうか」

「目立ちたいんじゃないですか」

「僕は、自身を神格化したいんだと思います」

「今、街中で髑髏マスクの人々が暴動を起こしており、新宿は非常に危険な状況となっていますが、彼らを煽ることも目的なのでしょうか」

「でしょうね。あるいは、シンパへ向けてのメッセージではないかと」

「このような暴動は、世界で見ると、決して珍しい現象ではないんですね。社会に不満を持っている国民のガス抜きなんです。日本では多くはありませんが、これを切っ掛けに増えていくかもしれませんね」

「間もなく、十一時です。新宿タワービル上空と中継が繋がっております——川手《かわで》アナ、動きはあったのでしょうか」

——**新宿タワービル、上空**

時計塔《クロック・タワー》の鐘が鳴り響き、最上部のみがライトアップされる。

報道ヘリのローター音をバックに女性アナウンサーのリポートが始まる。

「予告の十一時です。今、ライトが灯りました。いったい、これから何が始まるので……あっ、危ない！」

タワー最上部にカメラが寄っていく。髑髏マスクを被った十人の少年少女が横一列に並び、足場の狭い縁に立っている。着衣が激しく波打つ様からも強い風が吹いているのがわかる。

「危険です、非常に危険です、柵などはありません、いつ転落してもおかしくありません！」

カメラが左端に立つパーカー姿の少年を映しだすと、この場には相応しくない落ち着いた声が伝え始める。

『彼は学校で虐待を受けている』

商業施設の館内アナウンス、飲食店内で流れる有線放送、派手なトレーラー広告を積んだ宣伝車、街中に取り付けられた無数のスピーカー。二十面相シンパによって新宿中の〝声〟がジャックされ、浪越の言葉は繁華な夜の街へと響き渡った。

『イジメというレベルではなかった。そう、凌辱《りょうじょく》に近い。親も教師も彼の悲鳴を聞こうとはしなかった。あなたたちは聞かなかっただけではない。見捨てたんだ。守れる立場にあり、彼の苦しみを知りながら、面倒だという、ただそれだけの理由で救わなかった。人間は肉体的な痛みだけでなく、精神的な痛みをも感じる繊細な生き物だ。彼の心は傷つきすぎて、とうとう破れてしまった。今日まで、彼は非常にがんばって生きてくれた。もう、解放してあげるつもりだ。この意味はご理解いただけるだろうね。親も教師も、彼をここまで追い詰めた者たちも、今ごろは慌てているんだろうが、よく聞いて欲しい。ここからは、あなたたちの問題だ。あなたたちは罪人だ。遠からず、二十面相の《断罪》を受けるものと覚悟して頂きたい』

カメラは隣の少女を映す。

『彼女は公害による被害者だ。これを聞いて、首を傾げている人たちもいるんじゃないかな。現在の公害問題といわれるものは昭和の名残ばかりだと思ってはいないかい。君たちが知らないのも無理もない。そう。報道されていないんだ。ある小さな町の池の水が原因でね。一時期、薬品工場から廃液が垂れ流しにされていたんだ。水質はだいぶ元に戻ったけれど、池の底の泥はまだ危険だった。彼女はその池で獲れた魚を食べ、重大な結果を招いてしまったんだ。報道されないのは圧力というやつだろうね。国は未《いま》だ過失を認めず、彼女の苦痛と問題は放置されたままになっている。どうしてそこまで非情になれるのかな。関係者は安心しちゃいけないよ。僕らが国を敵に回せるわけがないと思っているかもしれないが、それは愚かな考えだ。あなたがたの近くにも二十面相はいる。誰だろうね。部下、友人、家族——もう、隣にいるかもしれないよ。罪人たちは、恐れ慄《おのの》き、不安な日々を過ごすといい』

「いったい、犯人は何を訴えようとしているのでしょうか。あの少年少女たちは人質ということなのでしょうか」

「人質じゃない」

女性アナウンサーの疑問に答えたのは、同乗する男性カメラマンだった。

「彼らは今日、新宿《ここ》に、自発的に集まった」

「え……いや、ちょ、な、なにを」

「彼らにはメッセージが伝わっていた。自分で考え、自分の意思で……新社会の礎《いしずえ》となることを決めた。誰も強要などしていない」

「ス、スタジオにお返しします！」

――新宿アルタ前

街頭ビジョンに映る浪越を、皆、足を止めて見上げている。

『これから五分おきに一人ずつ飛び降りる。探偵の明智君。君に止められるかな。君だけはここへ来ることを歓迎するよ。わかるね。彼以外の人間、ああ、特に機動隊なんかが来るのはお断りだ。もし、少しでも怪しい素振りを見せれば、僕らは時間を待たず、一斉に飛び降りる。へたな計画も立てない方がいい。僕には伝わってしまうよ。二十面相はどこにでもいるのだからね。――何人、救えるかな』

――KCテレビ、第二スタジオ、「報道REAL《リアル》 LIVE《ライブ》」

「え……ええ、先ほどは音声に事件と関係のない会話が入りましたことをお詫びします。さて、大変なことがわかってまいりました。二十面相は五分ごとに人質を落とすと宣告しています」

「人質じゃない！　こりゃ生贄だ！　イカれたカルトだよ！」

「非道な犯罪者です！　彼らの主張など流すべきではない。中身のない主張です。これは公開処刑ですよ」

「二十面相は探偵を名指ししました。今回の事件とどのような関係のある人物なのでしょうか。そして、五分ごとに飛び降りると犯人は話していますが、現場周辺の警察の動きなどはどうなっているでしょう。タワービル前に中継を繋ぎます。今井《いまい》さん」

——新宿タワービル、正面玄関前

「タワービル正面玄関前です。警察は先ほど、我々、報道陣や周辺に集まっている人々に、ビルから最低でも二十メートル以上離れるようにとの指示を出しました——私から一つ、よろしいでしょうか。彼らには主張などありません。彼らの目的は、我々にこの社会の真の形を知るべきだと教えてくれているのです。そして、自分たちが生きていたという証を残したいのです……今、一人、落ちたようです。彼は学校でひどい虐待を受けていました。加害者。傍観者。無関心者。誰も彼の心の痛みなど知らぬまま、やがては彼のことを忘れていたでしょう。しかし、これで彼は、永遠に遺る者となりました——スタジオへお返ししますが、どうか、無能なコメンテーターにはコメントをふらないでいただきたい。今日からテレビは、報道は、変わるのです。真実のみを伝えるのです。今夜は静かに見守りましょう。残るは九人、そして《原初《オリジン》》と同伴者を合わせて十一人です。どうか、ご静粛に——新宿タワービル前から、今井がお伝えしました」

——新宿タワービル、上空

「ねえ。ちょっと近すぎるんじゃない」川手アナがヘリの操縦士に不安な声を漏らす。「それに今は待機でしょ。スタジオの方でもなにかトラブルあったみたいだし」

「問題ありません。中継を続けます」

操縦士の言葉に、先ほど放送事故を起こしたカメラマンも無言で頷く。

「――あなたたち、なにか知ってるの？」

「いいえ、なにも」操縦士は首を横に振る。「私たちはただ、自分が正しいと思ったことをやっているだけです。あなたに危害を加えるつもりはありません」

振り向いたその顔は、髑髏だった。

川手アナは、はっと息を呑むと、恐る恐る確認する。

「――リ、リポートしても」

「むしろそうしてください。ありのまますべてを、世に知らしめてください」

その言葉に報道精神《ジャーナリズム》を煽り立てられたのか、川手アナの表情が引き締まる。

「中継を続けます。これまでに二人の少年と少女が飛び降りました。そして、もう間もなく、三人目が飛び降りる時間も迫っています。明智探偵は間に合うのでしょうか」

※

ネットは、扇動《かきまわ》された。

『五分経ったー！』『え、どうなの、マジでいくの？』『おい落ちたぞ！』『有言実行かよ』『カメラふざけんな！ なんで撮らねぇんだよ』『あの高さから落ちたのはさすがに直視厳しいだろ』『おい、Twitterの方がエグイ画像出てるぞ、みんなやるなｗｗ』『現場やべー、来てみろって』『なんか駅前、こわいんだけど。髑髏マスクのやつらがいっぱいいる』『バンザイ、バンザイっていってるな』『いや、断罪じゃね』『警察なにやってんだよ』『いやもうこれ自衛隊の出番っしょ』『ＳＡＴっしょ』『ぷりきゅあじゃね』『明智おせーな』『見殺しなんじゃね』『日本オワタ』『つーか、あれって三年前のニジュメンと同一人物？』『死んだんじゃねーのかよナミコシ』『焼身自殺したんだろ』『偽装したんだろうな』『いや、復活だろ』『ニジュメンってちょっといいなｗ』『あのマスク、カッケーよな』『どこで売ってんだよ』『だーかーらー、新宿きてみろって！』『ホームレスが外でマスク配ってるぞ』『なんだよそれ、終末だなオイ』『おれ、コンビニで買ったのに……』『普通に売ってんのかよ』『千二百円』『高いか安いかよくわからん値段だな』『アケチくんドコー』『ア・ケ・チ！ ア・ケ・

チ！』『げ、今やってる、なんとかって昼ドラの俳優、髑髏男に刺されてんじゃん』『速報出てたな』『ユズテレビの生放送のクイズ番組！　二十面相がジャック中ｗｗ』『すっげ！　グーグルのロゴ、髑髏なんですけど』『企業ジャック？』『シンパがいるんだろ』『俺たちもいこうぜ！』『爺は見守っとるよ』『ニートも家を守っとるよ』『新宿だな』『新宿いくか』『新宿こいよ』『みんなで《断罪》しよーぜ』『シンパキター！』『つーか、アケチはどうしたんだよ！』『早くいってやれよアケチ！』『ナミコシちゃんまってんぞー』『アケチ』『明智！』

※

路は、塞がれた。

「おい、出てきたぞ！」「明智だ！」「なんだ、まだ子供《ガキ》じゃないか！」

新宿警視庁前に集まっていた報道陣が、正面玄関から現れた明智、中村警部、羽柴を見つけるや否や、彼らを一斉に取り囲んだ。浴びせられる白いライト。四方八方から突き付けられるマイク。無遠慮な質問。暴言。まるで明智こそが罪人であるかのように刺々しい視線と言葉を突き刺される。

「あなたが明智さん？」「探偵ってほんとなの？」「二十面相との関係は？」

「ちょっとあんたら！」中村警部が明智を庇うように入る。「質問したけりゃ事件が解決してからにしてくれ！」

「君はなに？」「明智さんとの関係は？」「ちょっと話、聞かせてもらえる？」

「う、うわ、あ、明智さぁぁん！」

羽柴までもが報道陣の波に飲みこまれる。それを横目に明智は人波を押し分ける。

「くそ、どけっ、どいてくれ！」

「あなたが早くいかないと子供たちがみんな死んでしまいますよ！」

「わかってるならそこをどけ！」

「あなたに取材を拒否する権利はない！」

「あなたのせいで、二人も飛び降りてるんですよ！」

「だからどいてくれっ、いそがなきゃならないんだよ！」

傍にいながら直立不動の警察官たちに、中村警部が怒鳴りつける。

「おい、マスコミ対応、どうなってんだ！　お前ら、素通しってどういうこった」

表情も反応もない警察官たちに、中村警部は狼狽の色を隠せない。

「な、なんなんだ、お前ら……くそ、ＰＣを前に回せ！　おいっ！　聴いてるのか？」

※

ネットは、同調者を生んだ。

『どうして、子供が死ななきゃならないの』『彼らは死を以て社会の矛盾を訴えている』『少年が飛び降りた理由を考えろ』『俺たちはもっと早く気づかなきゃいけなかった』『弱者は助けてもらえない』『ルールや法律は本当の悪人には効き目がない、つーか、使われない』『この社会はおかしいんだって』『こんな世の中、一度ぶっ壊すべきだ』『学校はみんな隠蔽体質だ』『再犯による被害は誰の責任だよ』『妊婦が肩身狭いってどんなクソ社会』『警察はことが起きてからじゃないと動かない』『政府はなんでも「たいへん遺憾である」で済ますだろ』『見殺しにしたんだよな』『都合が悪いと圧力』『なんで被害者は実名も顔も出されるのに加害者は守られるの』『黙るな』『沈黙は罪だ』『目を覚ませ』『二十面相たちは伝えようとしてるんだよ』『この理不尽な社会を！』『罪を見過ごし』『真実から目を背け』『救うべき者を救わず』『赦すべきではない罪を』『赦してしまう』『この腐った社会に』『気づけといっているんだ』

社会は、放棄した。

※

ようこそ、ここは黒《ブラック》企業。事務所《オフィス》には今夜も、奉仕残業を強いられる企業弱者たちの呻きと歯軋りとキーを打つ音が鳴り響く。どれほど頑張っても懐に入る給金は雀の涙。黙々とノートパソコンに向かう社員たちの表情は軒並《のきなみ》、死人同然。不況の木枯らしが吹き荒れ、一向に止む見込みのなき今、再就職は高学歴でも難しい砂漠の時代。安易に辞めることもできず、残るにしても耐え難く、皆が皆、錆びた歯車のように身体《み》も精神《こころ》も軋ませている。

この地獄のパノラマの如き事務所《オフィス》を支配している部長は、暴君の如き態度で部下を虐《しいた》げるのがお得意で、言葉遣いもチンピラそのもの。立場を利用した嫌がらせ《パワー・ハラスメント》で精神的に追い詰める悪癖もあり、先月のこと、終《つい》には一人の社員を自殺へと追い込んだ。

部下を殺した罪悪感も自覚もなく、鼻歌混じりで、携帯電話で愛人にメールを打っている部長のデスク前に、一人の社員がやってくる。

「部長、今日限りで会社を辞めさせていただきます」

「あん？　辞める？　くだらねぇことといってねぇでさっさと——あ」

携帯電話から顔を上げた部長の助平面《すけべいつら》がガチンと強張る。髑髏をかぶった社員が、マジックで「辞表」と書かれたバットを振り下ろす、その瞬間だったのだ。

ひゃあ、と既《すんで》のところで身を躱《かわ》し、「おーい、皆《みんな》、こいつが俺を！」と助けを求めた。

一斉に顔を向ける部下たちは皆、髑髏のマスクをかぶっていた。我が身に危険が迫っていることに気づいた彼は、死に物狂いで警察に電話をかけるが、対応した警察官もまた、髑髏の面《おもて》をぶらさげているのであった。髑髏警察はこう伝える。

「あなたが受けているのは《断罪》ですね。今日、この日に《断罪》を受けている者を、我々は救う義務も感情も持ちません。では」——ガチャリ。

蒼褪める上司の背後に、髑髏たちが立つ。

「部長、《断罪》です」

※

関係は、終了した。

甲斐性なしで仕事も貯金もなしの男は、粗末な小屋《バラック》に住んでいるのがお似合いである。

日がな一日、こうして寝釈迦の姿勢でテレビを見ているか、もらった小遣いをパチンコで摩《す》るぐらいしか、たいしてやることのなき彼は、刺激にも鈍感になりつつあった。こうしてテレビの中で大事件が起こり、世間がどれだけ混乱しようとも、一向に頓着しない彼は、老猫の如き緩慢な大欠伸に口蓋垂《のどちんこ》を晒し、目を潤ませていたのである。

玄関の方から砂利を踏む音と鍵のちゃらちゃらという音が聞こえ、続いてドアが開いて「ただいま」と聞き慣れた若い女の声がするので、男は「おや」と思った。その一連はお極りのことなのだが、壁掛け時計を見ると随分と帰りが早い。ナニ、男に細君《さいくん》がいるわけではない。男は情夫であり、俗にヒモなどと呼ばれる者であった。

「早いな。おい、店はどうした?」

返事がない。顔だけを起こして玄関を見遣るが、向こうが暗いのと暖簾が邪魔をして女が見えない。ブーツを脱ぐ仕草が、いつもの姿なので、これといって疑うこともない。ただ、彼女が勤めを終えるのは、まだ三時間ほど先の筈だった。

とんとん、と足音が近づき、暖簾を捲って入ってくる。その仕草も見慣れた従順な女のものなのだが、頸より上が髑髏であった。

「さっさと《断罪》したほうがいいとおもって。早退してきちゃった。バイバイ」

女が黒く光沢《つや》のある鉄の塊を男に向ける。それが拳銃であることに気付くのは、眉間に弾が入り込んで、割れた前頭骨の破片が脳の前頭連合野《ぜんとうれんごうや》に食い込む数秒前であった。

五分後、情夫の亡骸の横で女は鼻歌混じりに、買ってきたケーキを食べていた。

家庭は、清算された。

※

消灯された暗い家で、居間の一部屋だけが明かりを点けている。

洋卓《テーブル》を囲んで、後ろ手に縛られた状態で座る父と母、大学生の兄に向けて、「正直になってよ」と、髑髏の面を着けた高校生の娘が懇願する。

「ごめん」「すまないね」「赦してくれ」父、母、兄はそれぞれの言葉で詫びる。

この家族に何があったのだろうか。娘に、妹に、どのような罪を犯したのか。それは、この家族以外、誰もわからない。

髑髏の面の娘は「もういいよ」と立ちあがり、傍らの赤いポリタンクを抱え、洋卓《テーブル》の周りの絨毯と父、母、兄、そして自分自身に灯油をかけると——。

「じゃ、そろそろ《断罪》するね」

早附木《マッチ》で火を点けた。

正義という嘘は、翻弄《ほんろう》された。

※

混沌《カオス》色の夜の下、巨人の屍の如く沈黙に佇む新宿警視庁は不穏な空気を孕んでいた。

腐肉に集《たか》る蠅の如く猥雑に飛び交う情報に迷走し、捜査一課はぐらんぐらんと揺れている。

「なにしてんだ！」

中村警部は机《デスク》を拳で殴りつけ、受話器の向こうの相手に我鳴《がな》る。

「三人目が落ちた⁉ いいから早く現場に救助を回せ！ なんでこんなに手間取ってんだ！ とっくに要請はいってるはずだろ！」

「それが、無線が混線していて、状況がわからないのです！」

「わからないで済むか！ 暴徒も街中に溢れてる！ 機動隊《マルキ》の連中はなにやってんだ！」

「報告が入りません。何者かが故意に情報を乱しているようなのです」

「何者かがって、こっちは日本警察の本丸だぞ！ ここまで混乱させられるなんて……ああ、くそったれ！」

叩きつけるように受話器を置いた中村警部は、「何が起きてんだ！」と頭を掻きむしる。

ゆっくりと受話器を置く、通話相手の警察官。
彼の顔は、髑髏だった。

※

《断罪》の声は新宿だけでなく、日本国中であがった。
髑髏の貌《かお》の怪人二十面相は、社会に有り余る罪を餌に、増殖《ふ》ていった。
今夜、どれだけの数の罪が裁かれるのか。
罪人は震えよ。罪人は後悔せよ。
これより、変わるのだ。罪が呼吸をできない社会に。
ばんざい！　我らが怪人二十面相！　ばんざい！
ばんざい！　ばんざい！　断罪！　断罪！　断罪！

※

——と、いうわけで、神《かみ》さまの視点《してん》でかたってみましたが、いかがでしたか？
ええ？　なんだか偉《えら》そうだ？　おまえは、なにさまだ？

おやおや、もう、おわすれですか。では、あらためまして。

あるときは、弟《おとうと》おもいの、やさしく美人《びじん》な姉《あね》。

あるときは、死体《したい》をあつかう専門家《ぷろふぇっしょなる》。

わたくしは怪人二十面相《かいじんにじゅうめんそう》、その《後継者《こうけいしゃ》》であります。

おまえはもう、舞台《ぶたい》を退場《たいじょう》したはずだろうって？　そのとおりでございます。

ですからこれが、わたくしの最後《さいご》の口上《こうじょう》となります。

もうまもなく、暗黒星《あんこくせい》は完成するでしょう。

冥《くら》き星《ほし》は、腐敗《ふはい》の海にしずんだ無数《むすう》の罪《つみ》を、その光でひとつひとつ暴《あば》きだすのです。暴《あば》きだされた罪《つみ》は、しかるべき裁《さば》きを受けることになります。

やがて、この世《よ》の罪《つみ》は、死《し》にほろぶでありましょう。

幻視《み》てくださいな。想像《いめーじ》してくださいな。

われらの星《ほし》が社会《しゃかい》をてらし、人びとの上辺《みせかけ》だけの厭《いや》らしい肉《にく》の面《めん》は透《す》き見《み》され、むきだされた骨《ほね》は、声をあげているではありませんか。革命《かくめい》の光《ひ》をともせ、と。

これで、ととのいました。

われらの世《よ》を、躍動《だんす》する髑髏《まかーぶる》が、『成立《せいりつ》』させるのです。

それでは、わたくしは先にむかいます。

先ほど、看守《かんしゅ》が薬《くすり》のさし入れをとどけてくれました。

よくねむれる、つよい薬《くすり》を。
わたくしはもう、舞台《ぶたい》からおりますが、もうすこしのあいだ、劇《ものがたり》はつづきます。
みなさま、どうか、最後《さいご》の幕《まく》まで、存分《ぞんぶん》におたのしみくださいませ。
それでは、お先にしつれいいたします。

【明智、走る】

なんとか無礼千万な報道陣のやつらを貫《つらぬ》いて、時計塔《クロック・タワー》へ向かっていた。

正規のルートは使えない。主要道路は報道陣や野次馬で埋め尽くされている。危険なのは、そういう有象無象の中に、二十面相の共鳴者《シンパサイザー》が混じっていることだ。一見、同じ髑髏マスクでも、そいつは騒ぎに誘われて集まった、ただのお祭り馬鹿かもしれないし、そうでなければ、悪意は俺へ対する攻撃と妨害という形で向けられる。その判断が難しい。だから、人気《ひとけ》のなさそうな抜け道を使っているが、それでもふらふらと髑髏マスクどもは現れる。真面《まとも》に闘《や》りあっていたらキリがない。抑々《そもそも》、共鳴者《シンパ》どもの殆どは直接的な妨害をしてこない。覚束《おぼつか》ない足で俺へと向かってくると、ぶつかり、まとわりつき、絡みついて、摑みどころのない不気味な妨害をしてくる。殴れば倒れ、暴力だ、犯罪だ、と騒ぎ立て、仲間に居場所を伝えて大勢で取り囲もうとする。どうにかそいつらを切り抜けても、俺がどこに向かったかという情報を逐一《ちくいち》SNSに流されているから、普段は迷い込んだ酔っ払いと溝鼠《どぶねずみ》しか通らないようなこんな路地にまで髑髏マスクどもは現れるし、どかどかと増員されてしまう。一歩進めば、五歩後退させられる、そんな状況の中、報道関連のバイクが俺を嗅ぎつけ、さっきから蝿のような音をさせながら、しつこく追いかけてくる。マスコミは共鳴者《シンパ》を作りやすい組織だ。映像と情報でいくらでも人心を操れる。そんな便利な組織を浪越が利用しないはずはない。数式にはマスコミの再生も計画されていた。真実のみを報道する、なにものの圧力にも屈しない真の大衆媒体。あいつは、浪越は、本気で社会を根本から変えていくつもりなんだ。

前方から唸るような排気音と目を焼くような白光が迫ってきた。しつこい蝿だ。舌打ちをし、光を手で遮ると、それは俺を掠め、路面を噛みながらターンし、停まる。

「明智さん！」

「――羽柴か」

俺は彼が跨っているスクーターに目を遣る。萌え絵で描かれた獣耳《けものみみ》少女のステッカーが余すところなく貼りたくられ、なおかつ、「獣道一直線」とカッティングされて、ショッキングピンクのカラーで全体が塗装されている。

「早く後ろに乗って！」

走り出すスクーターに飛び乗ると、後ろから共鳴者《シンパ》どもの怒号が聞こえてきた。

羽柴は狭い路地を器用に縫いながら、着実に時計塔《クロック・タワー》へと俺を運んでいた。

「免許、あるわけないよな」

「ええ、でも馬は乗ったことがあります」

「上出来だ。ところで随分とデザインが無秩序《アナーキー》なスクーターだが、こいつはどうしたんだ？」

「路に止まっていたのを拝借してます。ちょっと花菱先生を彷彿させるカラーリングなんで躊躇しましたけど……くそ、これで、ぼくも前科持ちだ」

「後悔してるか」

「いやあ、これが、ぜんぜん」

やるじゃないか、坊ちゃん。

こんな時なのに俺は笑っていた。こういう熱い奴は、だから嫌いじゃない。

「明智さん、赤信号です！」

「突っ切るぞ。共犯になってやる」

羽柴の手の上からアクセルを握り、フルスロットルにする。

横断歩道の往来の隙間を通り、オイル《カストロール》の甘い香りの尾を引いて、風に抉り込んでいく。両側《サイド》の景色が高速で後ろへと流れていく。

時計塔《クロック・タワー》が見えてきた。

点灯する二つの赤いライトが巨人の目の瞬《まばた》きのようだ。まるで蝿を集《たか》らせているように上空には数台のヘリが旋回している。

スクーターを飛び降りると、俺は時計塔《クロック・タワー》の周囲に集まっている黒々としたカラーの警官隊に近づいていく。皆、俺たちに背中を向けて塔《タワー》を見上げている。ヘルメット、ボディアーマー、POLICEと書かれたライオットシールドといった暴動鎮圧装備は完璧なのだが、こいつらはどうして彼方此方《あちこち》で暴動を起こしている奴らを鎮圧せず、こんな場所で突っ立って油を売っているのか。その理由はすぐにわかった。一斉に振り向いた警官隊の顔は、皆、髑髏だった。彼らの足下にはマスクを被っていない数十名の警官たちが倒れている。

「どいつもこいつも……」

「二十面相のほうが会いたがってるんだろ！　なんで明智さんの邪魔するんだよ！」

「意識が変わったのだ」髑髏の警官の一人がマスク越しのくぐもった声で答える。「我々は、自分が正しいと思ったことに従っているにすぎない」

「へぇ、そうかい」

どうします、という目を羽柴が俺に送ってくる。

切り抜けるのは厳しそうだ。相手はその気になれば銃も使う。羽柴だけ、なんとかして行かせることはできるか。俺と浪越の清算《ケジメをつける》をするのに、小林や羽柴を巻きこむのは道理がおかしいからな。

複数のサイレンが近づいてくる。

「くそ、増援か」

パトランプの赤色光で周囲のビルを舐めまわしながら、厳めしい面構えのPC《パトカー》どもが俺たちと髑髏の警官隊のあいだに滑りこんでくる。

ばたばたとドアが開き、降りてきた警官たちが髑髏どもに拳銃を構える。

目の前のPCから、中村が頭を掻きながら降りてきた。

「身内が迷惑かけたね」

「遅いぞ、警察」

「すまんね、うちも掻き回されちゃってさ。信用できる者で固めた別の隊も後から来るから、ここは任せて」中村は髑髏の一人に野生の犬のような視線を向けた。「こいつらは、しっかり絞っておくからさ」

隣で茫然としている羽柴の腕を摑む。

「今のうちにいくぞ、羽柴」

「あ、明智さん、こっちからがいいです」

そういって逆に俺の腕を摑むと、正面入り口ではなく、建物の裏へと回った。そこには半地下へ下りる短い階段があり、下りきって直ぐのところに白塗りの鉄扉があった。その前で羽柴が学生服の内ポケットからカードを出し、読取装置《リーダー》にかざすと鉄扉からガチリと音が鳴り、解錠《アンロック》される。羽柴は、「いきましょう」と促してきた。

踏面《ふみづら》の狭いX型の鉄骨階段を駆け上がりながら、気になっていることを訊いた。

「この辺はだいたい羽柴の持ちビルなんです」

「ここは、羽柴の家か」

「住みませんよっ、こんなところ！　この辺はだいたい羽柴の持ちビルなんです」

「この辺で羽柴の悪口はいえんな」

「敵のあの守《ガード》りの感じだと、エレベーターに乗るのは危険です。電源を落とされるかもしれない。それに、広く平たく設《しつら》えられた正面階段より、この屋外作業用の階段の方が、階数《フロアすう》に関係ない細長い造りなんで、一気に上まで上がれるから道程《ストローク》も短いんです。ちょっと急で怖いんですけどね」

「能率的だな」

「それより、上にいったら、なんとかなりますか」

「小林は責任をもって救いだす」

「じゃあ、二十面相は……浪越さんは」

「一人だ。どちらか一人を選ばなければならない。これは、そういうゲームなんだ。あいつは俺に選ばせるつもりで、態々《わざわざ》、小林を連れ去った。浪越は俺に遊んでほしいから、こんなゲームを吹っ掛ける。俺がどちらかを、あるいはどちらも救えなければ、怪人二十面相の遺す言葉は、すべて正義になるだろうな」

「浪越さんを見殺しにできますか」

「一度している」

「三年前のサザンテラスですか」

「もっと前からかもな……お前は小林のことだけを考えろ。あいつは浪越と似た者同士だ。死ぬことに抵抗を持っていない。危険な思想も名画を鑑賞するように味わう」

「大丈夫です。小林は死なせませんから！」

――死なせない。そうか。それが真理かもしれない。俺は間違っていたんじゃないか？浪越の大切な数式を否定することは、彼の存在証明《アイデンティティー》を破壊するのと同じだ。そのせいで昔の浪越は死んだんだ。もしあの時、一緒に最後までやっていたら。結果、浪越を死なせなければよかっただけのことなんじゃないのか。

そうだ。この勝負《ゲーム》に勝ち負けの結果なんていらない。

誰も、死なせなければいい。それだけだ。

【さらば、小林】

都会《まち》の夜空は灰色だ。活《い》き明《あかり》が夜をすっかり薄め、昼間のように雲まで見せつける。遠くでは海の魔女《セイレーン》の謳殿《うたごえ》が災いを告げている。

ここからでは、ぼやぼやとした焱《ほのお》の色と、煙《けぶ》たそうな昏々《くらぐら》しい靄《もや》と、紙縒《こよ》りのような黒煙《けむり》が幾筋も立ち昇っているのしか眺《み》えないけれども、変質が地上から始まっているのを、ぼくは犇々《ひしひし》と感じていたのだ。

先刻《さっき》、五人目の少女が地上へ向けて飛び降りた。翼はないのに少女は実に能《よ》く飛んだとおもう。一瞬なのだけれども、彼女たちは蝶のように風に乗る瞬間が確かにあったのだ。それは本人たちも感じているみたいで、五人目の少女などは飛び降りる瞬間、躑躅《つつじ》色のスカートに風を孕み、「うわあ」と幸せそうな聲を漏らしていた。その後は、矢のような速さで地上へと向かっていったのだけれども。そうして地上へ降りゆく者たちを、浪越さんは優しい目で瞻《みまも》っていた。

「そろそろ、南さんがいったかな」

「わかるんですか？」

「もちろんさ。彼女とは長くやってきたからね」

瞼を下ろし、まるで風を詠《よ》んでいるような穏やかな表情をしている。誰かの死を、こんな表情でおもえるなんて、それは屹度《きっと》、素敵なことなんだろう。

「ぼく、南さん、愉しくて好きでした」

僕もだよ、浪越さんは微笑むと眩しそうに薄く瞼を上げ、時を待つ五人を仰ぎ見る。

「僕たちの死を以《もっ》て、数式は立証される。人々の心の中に暗黒星という傷痕が残るんだ」

「みんなが傷つくんですね」

「うん。傷ついてから、気がつく」

懐古的になっているのか、頬の傷を指でなぞり下ろしながら、遠景《とおくみ》を眺《み》ている。

「おもしろいですね。浪越さんは」

「君もね……怖くないかい？」

「怖いですけど……それ以上におもしろいです」

「ありがとう。君とは、もっと戯《あそ》んでみたかったな」

ぼくらの視界の端を、六人目が落ちていった。

浪越さんは、ぼくたちの後ろにある扉を見つめる。

「来てくれたみたいだよ、小林君」

「明智先輩ですか」

「うん。歓待の準備はいいかな」

扉は爆発するように開け放たれ、その奥から、汗みずくで、息を乱し、怒っている表情《かお》の明智先輩が姿を現した。ぽたぽたと玉の汗が足下で弾けている。

「ほんとだ、浪越さん、能《よ》くわかりましたね」

浪越さんが手を挙げると、上で待っていた四人の少年少女たちは姿を消した。

「君は来てくれた。約束通り、彼らは自害をやめる。ありがとう、明智君」

「……浪越……」

呻くように、かつての友の名を呼んだ明智先輩は、今まで見せたことのない怖い表情《かお》で浪越さんを見つめている。正直にいうと、吻《ほっ》としていた。明智先輩の怒りの矛先は、ぼくにではなく、どうやら浪越さんへ向けられているようだ。そうかとおもって安心していたら、今度は、ぼくが睨まれた。

「少年、これは俺と浪越、二人の問題だ。お前は日常《こっち》へ戻れ」

「うーん」

「来い！　さあ、戻るんだ！」

明智先輩が差し出してくれた手の指先を見つめ、ぼくは首を横に振った。

「戻れません」

どういうことだ、そういうように明智先輩の目が尖った。

「ごめんなさい。時計塔《こ こ》に来てから、ずっと考えていたんです。浪越さんのやりたいことを完遂した方が、なにもかもがよくなるんじゃないかって」

「これはテロリズムだ」

「確かに、やり方は一寸乱暴《ちょっと》ですけれども、でもこれぐらいやらないと、人の感情を喚起することなんてできないとおもいますし、屹度《きっと》、一年も経たないうちに忘れ去られてしまいますよ」

「知ったような口をきくな。お前は熱に浮かされているだけだ。地上《した》で乱痴気騒ぎをしている馬鹿どもとなんら、かわらない」

「それに、自分の命を意義のある使いかたをしてもらえる機会があるのなら、そこに関心を持つなといわれても、ぼくには難しいことです」

せっかく差し出してくれた手は呆気なくも下ろされ、失望色の視線に突き放された。

「剝奪だな。手帳は」

「残念ですけど……愉しかったですよ」

「……目を覚ませ」

「その言葉、どうかな」

ぼくたちの対話《ダイアローグ》を微笑まし気に瞻《みま》もっていた浪越さんが、漸《よう》や く口を開いた。

「目を覚まさなきゃならないのは、皆《みんな》なんじゃないのかな」

「今から死のうとしている奴の言葉なんて、俺には響かない」

「死ぬのは僕たちじゃないよ。今宵、死ぬのは、この社会だ」

白い蝶が舞った——のではなく、浪越さんの掌だ。その掌は夜の街を差し出した。見よ、これが死すべき社会だ、と。

「あの晩の僕のように、膿んだ血をたっぷりと流してね。ほんとうは疾《と》っくに死んでいなければならなかった。なのに、腐ったまま、汚らしく、ぐだぐだと生き長らえ、老醜《ろうしゅう》を晒している。死にぞこない。老害だ。甚《はなは》だ惨《みじ》めなものだよ」

腐敗の象徴の街を背にし、差手引手《さすてひくて》も鮮やかに、浪越さんの語り口は演者のようだ。なるほど、浪越さんは浪漫主義者《ロマンチスト》だ。それとも、夢想家《ロマンチスト》のほうなのかな。

傷つき、踏み躙《にじ》られ、絶望の果てに社会を変える暗黒を生みだした、変革の救世主《メシア》。友の過ちを止めるため、悪魔の数式に挑み、凶悪犯罪と戦い続けてきた高校生探偵。

この舞台を、ぼくは客席から観てみたかった。

「確かに社会は、浪越、お前に、弱者には優しくなかった。親や教師、守る立場にあるべき大人はお前を守らず、救わなかった。それどころか、虐待されていることを隠蔽《かく》した。お前の顔に傷をつけた奴らは、学校や家庭にとっては扱い易い子供だった。少なくとも、虐待されているお前よりかは、問題や不安材料は多くない。だから、親が、教師が、あいつらを守った。あいつらの罪を知りながら隠したんだ。隠蔽《そう》しなければ自分が罰せられるし、隠蔽《そう》することが可能であったし、隠蔽《そう》しても明るみに出ず、赦される社会になっていたからだ。大人が本気で隠してしまえば、子供の虐待の事実は表に出ることはない。だから、自ら虐待に手を染める親もいる。そうなると家庭は暴力と圧力で拵えた頑強な牢獄だ。子供に逃げる術などない。そうした牢獄が、この社会には無数に存在しているのはわかる。破壊されるべきだろう。だがな、だからといって、数式一つで現実《リアル》の社会を変えようだなんて――簡単な問題じゃないんだ。お前の生み出した数式は、この社会に沈殿するストレスや不満を掻き混ぜて、煽って、混乱させているだけだ。スローガンは《断罪》。かつて、暗黒の歴史を作ってきた独裁者や指導者が使った、人心を弄《もてあそ》ぶ手練手管《てれんてくだ》、悪魔の扇動《アジテーション》、それと同じだ。ヘドロが溜まって濁った海を、足し算や引き算で、そう簡単に透明な湖水のように変えられるものか！」

「そう、簡単ではなかった。この社会は、なぜ、足掻くのだろう。どうして変質を拒むのだろう。滅びの後には眩《まばゆ》い再生の朝があるというのに。明智君なら知っているよね。不死鳥が自分の《死》から復活するという伝承を。正確には不死ではないんだ。死を受け入れた後に、新たな生が翼を広げる。この伝説の鳥は死を恐れてはいないだろうね。何度も繰り返していているからこそ、死の先にある浄化を知っているからだ。僕らも、今夜から繰り返し、知ればいい。この社会も愈々《いよいよ》、破壊《こわ》れるべき時代《とき》がきたのさ。そして、瓦礫と砂埃の中から再生しなくてはならない。何度でもね。高慢な意識をぶくぶくと肥えさせてきた人間は一度、死んでみるべきなんだよ。死んで、鳥獣に喰い解《ほど》かれ、自らの骴《むくろ》から蘇らなくてはならない。体験しなくては。ぼくらは何度も死を繰り返し、悪疫に負けない精神を持たなくてはならないんだよ。社会を更新するんだ。地上の彼らがかぶる死者のマスクはね、何度でも蘇る骸《むくろ》なのさ。来たる未来のための髑髏《シンボル》なんだよ、明智君」

明智先輩は筒服《ズボン》の衣嚢《ポケット》から茶色い薬瓶を取り出し、数錠、掌に出すと、そのまま口に放りこんだ。ぽりぽりと噛む音がしなくなると、そこで再び口を開いた。

「死んでいた三年で、どんな書冊《ほん》を読んでいたんだ？　聖人譚か、奇跡譚か、悪漢小説《ピカレスク》か。文学臭い科白《せりふ》はもういい。頭が痛くなる」

「死人のすることは読書じゃないよ。過去を呪うか、来世に期待することさ」

なにかをいいかけた明智先輩は、首を横に振ると、大きな溜め息の塊を吐いた。自分の頭を痛くしている話題を息で退《の》かそうとしているように。

「浪越、これはなんなんだ」

「これ、とは？」浪越さんは、くい、と首を傾げた。

「まるで現実味がない。こいつは俺が視ている夢なのか。数式で社会を変えるなんて、お前がそんなことをいい始めた頃から、世界が変容した。今この時も、俺はずっと眠っているんじゃないのか――そりゃあ、眠れないわけだよな。だって、眠っているんだから」

「非道《ひど》いな」寂しそうに笑う浪越さんの瞳は、逃げ場を失い、ぼろぼろに傷ついた蝶のように、縋れる場所を探している。「あの時は君も愉しんで呉《く》れたじゃないか。この夜に誓って断言するよ。あれは夢幻《ゆめまぼろし》などではなく、僕たち二人の確かな輪郭と厚みのある記憶さ。いったい何が、現実味がないだなどと君にいわせているんだい？」

「すべてだ。お前のいっていること。俺たちのやっていたこと。今、起きていること」

「――また、哀しいことをいうんだね。最後に過ごした日の図書室でも、君には哀しいことをいわれたっけ」

「答えろ、浪越。暗黒星とは、なんなんだ。どうすれば終わる。お前が死ぬ以外で」

「小林君、どうだい、説明できるかい？」

「俺はお前に訊いているんだ！」

いきなりのご指名に戸惑ったけれど、ぼくは「はい」と頷いて、説いてみた。

「暗黒星――正義の怪人二十面相を無限に増殖させ、社会の変質を導き、恒久的《こうきゅう》に存続させるための数式。最後に組み込まれる立案者の死と《十一の死》は、人々に忘れさせないための墓碑《エピタフ》。今夜、十二の碑銘を記憶に刻むことで、人々はそれを無意識に合図《スイッチ》として設定し、たとえ忘れることがあっても、この合図《スイッチ》一つで火花のように今夜のことが蘇る。どんなに隠蔽《ひたかく》しても、今夜、人々の中に刻まれる傷は、遺伝子のように次の世代へも受け継がれる。だから、数式の完成には、立案者の死は不可欠である――こんな感じでいいですか？」

「素晴らしいじゃないか、小林君」

浪越さんは嬉しそうに笑みを浮かべ、拍手をしてくれた。

一方、明智先輩は、相も変わらぬ不機嫌そうな顔をしている。

「どうも解《げ》せないな。罪が裁かれなかろうが、理不尽が蔓延していようが、もうこの社会は、死にゆくお前には関係がないはずだ。社会の変質に、どうしてそこまでこだわる？」

「僕が死んでも、この世界にはまだ君がいるじゃないか」

「俺のために社会をよくして死ぬ？　巫山戯《ふざけ》るな！　自分の生きる社会は自分でなんとかする！　それに……今夜のことで、世間は充分知ったはずだ。自分たちの見過ごしてきた罪を。目をつぶってきた理不尽を。これを機に立ち上がる者もいるだろう。歴史にも刻まれる。社会の変質の第一歩は成功だ。もう、終わりにしていいだろ」

「だめだよ。最後までやらなくちゃ。歴史は嘘をつく。でも、数式は嘘をつかない。それだけは、古代から連綿と受け継がれている、真実だ」

もう、いいよね。

浪越さんは、明智先輩に背中を向けた。

「待て！　……浪越、お前は……ラプラスの悪魔《デモン》になろうとしているのか？」

背中を見せたまま、浪越さんは「そうだよ」と答える。

「数式の中から、現実世界への介入を果たしうる、生きた知性《デモン》にね」

「そうして何世紀、何十世紀と《断罪》を続けるのか。お前はそんなになるまで、憎悪を凝らせていたのか……それしかなかったのか……この世界で俺と生きる選択はないのか！」

「僕の墜ちた絶望の穴は深い。君の手が届かないくらいにね。だから、僕は生きていたら、ずっと絶望の穴の底で、暗黒星をもっともっと育ててしまう。暗黒星はね、底なしなんだよ。知を永遠に吸い続けるブラックホールなんだ。この数式《あくま》は名を変え、形を変え、数学者を何人も空っぽの抜け殻にしてきたに違いない。数学界のパンドラの箱を僕は開いてしまったのさ。僕の憎悪なんて、もういいんだ。それよりも、暗黒星を途中で断ってしまえば、君を退屈させる。君に遊んでもらえなくなる。暴力よりも、死ぬよりも、明智君が僕への関心を失ってしまうことのほうが、どれほど怖かったか」

「いつ俺が、お前を拒絶した」

「それはもういいんだ。過去だからね。でも、未来はわからない。それはとても怖い。だから、未来を知る悪魔になる。ずっと君とゲームをするんだ。僕は時々、神出鬼没の二十面相となって顕現し、《断罪》を続ける。探偵の君は僕の犯行の先を読み、二十面相を追い続ける。いつだって怪人と探偵は勝負をするものだろ。これはラプラスの遊戯《Game of Laplace》だ」

それじゃ、いこうか、小林君。

黄金色の瞳が、ぼくを見た。

ぼくと同じ瞳の色をしていることに今、気がついた。

「はい」

ぼくと浪越さんは縁に立つ。地上から吹き上げられる風に前髪が燥《はしゃ》いでいる。これで、ぼくは境界に立ったんだ。一歩、後ろは去るべき世界。一歩、前は変えるべき世界。

この時、少しだけおもった。浪越さんの数式の中には、ぼくも入れるのかなって。そうなれるのなら、明智先輩と、浪越さんと、ぼくの三人で遊べる。怪人側と探偵側、どっちについてもおもしろそうだな。

あれ。もうひとり。そこにいて欲しい人がいなかったっけ。

ぼくらを制止する明智先輩の叫び声が、後ろから走ってくる。

ごめんなさい、明智先輩。

ごめんなさい、最後に顔が浮かばなかった、誰か。

ふわり。前のめりになるぼくは、風のクッションに沈む。学生服の筒服《ズボン》や上着《ジャケット》の裾が、ぱたぱたと忙しく羽ばたいて、ぼくは、飛んでいた。

眼下には、救急車やPC《パトカー》の赤いライトが茫乎《ぼんやり》、いくつも滲んでいて、ああ、きれいだな、と嬉しくなった。でも、あと一秒もすれば、ぼくは矢のような勢いで地上へと向かい、そこで、終わるんだ。でも、ほんとうなんだね。死ぬ前の瞬間って、時間が緩慢《かんまん》な流れをするんだ。だから、迚《とて》も能《よ》く見えた。

ああ、よかった。

明智先輩の手は、まにあった。浪越さんの手を、しっかりと摑んでいる。屹度、浪越さんは、明智先輩が自分ではなく、ぼくのことを助けるとおもっていたんだ。そう。浪越さんは、ぼくを死なせるつもりなんて、もとからなかった。だから、明智先輩が自分の手を選んだことに、ふふ、あんなに目を真ん丸にして驚いている。

それでいいんです、明智先輩。だって、浪越さんの人生は寂しすぎて、空虚で、でも明智先輩が現れたことで色がつき始めるんです。明智先輩にも浪越さんは必要です。頭痛も、もう止まりますよ。だから——。

うん、これでいい。二人は、また、図書室の陽だまりの中で、同じ時間を共有できる。怪人と探偵じゃなくて、対等な、友達の関係に戻れるんだ。うん、ぼくにしては、上出来だ。

引力がぼくを摑む。そうか、そろそろ、降りなくちゃね。

それじゃ、みんな。

おさらばだよ。


「羽柴ぁぁぁぁ！」

明智先輩の叫びが夜を割った。ほぼ同時に頭上から、ものすごい勢いで「うおおおお」

と叫ぶような声が近づいてくる。

地上に吸い込まれようとしていたぼくの身体に、ぐんっという強い衝撃があり、胸を圧迫されたのか、一瞬、気を失いかけた。

ぼくは、小さい振り子運動で揺れていた。

建物の白い外壁に、ぼくたちの影が映っている。鋭く冷たい風が、ぴゅうぴゅうと甲高い口笛をあちこちで吹いている。

ぼくは、落ちなかった。

羽柴君の顔が傍にある。ぼくを痛いほど強く抱きしめている羽柴君の身体に、襷《たすき》のように巻かれている白い紐は消火蛇管《ホース》だ。彼を搾り切ろうとするように深く食い込む蛇管《ホース》は、時計塔《クロック・タワー》の上の方へと伸びている。

「……なんで、ここに、羽柴君が……」

「馬鹿野郎……なに死のうとしてんだよ！」

羽柴君は泣いていた。泣き叫んでいた。

「どうしてこんなこと……だめだよ、羽柴君が死んじゃうよ？」

ぼくを抱きしめていた両腕が、ぎゅっと背中と腰に食い込んだ。ぼくは苦しくて、「あ」と吐息を漏らす。

「死なせない……お前を死なせない！　お前は、俺が絶対に死なせるもんか！」

あれ、どうしちゃったんだろう。ぼくは、目元を指で拭った。濡れている。温かく濡れている。ぼくは、涙をこぼしていた。そう気づいたら、ぽろぽろ、止まらない。あれ。あれれ。

「説教してやる！　俺がどれほどお前を想っているか、朝まで説教してやるっ！」

羽柴君は小さい子供のように、わんわんと泣いた。

胸元で震える羽柴君の頭に、ぼくは頬を寄せた。


明智先輩と浪越さんを見上げた。

二人の手は、まだ繋がっていた。

明智先輩が何かを叫んでいる。浪越さんも何かをいっているようだ。二人の聲《こえ》は風の音が邪魔をして聞こえない。浪越さんの表情も見えない。

時計塔《クロック・タワー》の鐘が鳴る。たった今、日付が変わったんだ。

ぼくは見た。浪越さんは自分から、明智先輩の手を解いた。

当たり前のことなのだけれど。

浪越さんは落ちていく。だから、ぼくは浪越さんを見下ろすことになり、その時にはじめて、顔を見た。幸せそうな笑みを浮かべ、その口は確かに、こう動いていた。

ありがとう、と。

明智先輩の聲は無情にも風が攫《さら》っていった。

あの日を取り戻そうと開かれた掌は、静かに閉じた。

【終幕《はじまり》の小合奏《アンサンブル》】

——羽柴の声部《パート》

終熄《しゅうそく》していくには、もう少し時間がいるようだ。

新宿タワービル——通称、時計塔《クロック・タワー》の周辺は、マスコミや野次馬が決定的な瞬間を撮ろうと、ひまわり畑のひまわりのように人混みから、カメラやスマホを伸ばして揺らしている。

警察車両や救急車両が赤色灯を回して忙しく往来《いきき》し、疲弊した表情の警察官が後始末をしていた。今夜は、警察にとっても、長い夜だったはずだ。

「ぼく、大丈夫だよ」

毛布を頭から被った小林が俺に振り返る。救急車に乗るのを拒んでいるんだ。

「どこかに頭とかぶつけてるかもしれないだろ、一応、検査してもらえよ、後から迎えに行くから。ここにいると報道陣に囲まれるぞ」

「あ、そうだね。じゃ、絶対、迎えに来てよ」

俺の耳の傍へ口を寄せた小林は——。

「朝まで、お説教してくれるんでしょ」

「ん？　え!?　あ、ああ、そ、そうだったな」

小林を乗せた救急車を見送ると、「坊ちゃーん」と聞こえてきた。まさか執事《じいや》が迎えに来たのかときょろきょろすると、道路を挟んだ向かいで、PC《パトカー》の傍の中村警部が俺に向けて手を振っている。その呼び方、止めてほしいな。

「君と探偵さんはPC《こっち》ね」

「あ、はい」

そういえば、明智さんは——。

あ、いた。自販機の横に座り込んで、缶コーヒー片手に鈍色《にびいろ》の空を見上げている。

「明智さん」

ゆっくりと向けられた顔に、いつもの不機嫌さはなかった。何かが抜けきったようで、ふわりとしていて、難しいことを考えて尖っている、あの話しかけづらい明智さんではなく、つまり、明智さんらしくないというか。

「中村さんが、俺たちはPC《パトカー》にって」

「そうか。これを飲んだらいく」

缶を振り、また空を見る。明智さんの隣で、俺も見上げた。ビルの影やネオンで削り取られた凸凹でぎざぎざの空には、数機の報道ヘリが飛び、地上に回転翼《ローター》音をばら蒔いている。

「なあ」

「はい？」

「どうして、あんな無茶をした」

消火ホースを巻きつけて飛びおりた、あれのことだ。ホースで擦れた肩が今もひりひりしている。

「後悔したくなかったんです。小林は親友以上の存在ですから。それに……」

「なんだ」

「あれが無茶なことだって、今、いわれて初めて気づきました。あれぐらいは、やりますよ。親友のためなら、いつだって。あ、こんなこと、小林にはいわないでくださいよ」

ふっ、と明智さんが笑った。

「了解」

※

名探偵、明智小五郎と怪人二十面相、浪越。

二人の勝負は、はたしてどちらが勝ったのか。

この物語は、ハッピーエンドを迎えるはずもなく。

つまり、名探偵は敗北を喫したということだ。

二十面相の死により、怪人の名は伝説となり、神となり、暗黒の社会を照らしだす黒い太陽となった。

二十面相——浪越を信奉する同調者《シンパ》たちは、第一の存在《原初》《オリジン》の死後、暴徒や過激な思想集団と化した。それを切っ掛けに、俺たちの平和な国《にほん》では抑圧された者たちが次々と決起し、デモやテロが増加の一途を辿った。

二十面相の誕生も後を絶たず、髑髏の免罪符と正義を掲げた怪人は《断罪》で社会から罪を摘み取っていった。無情だが、二十面相は犯罪の抑止力として絶大な信頼を国民から得てしまい、この国に警察組織の必要性を感じている者は、ごく僅かとなってしまった。

それは、ある時代の終幕《おわり》。ある時代の開幕《はじまり》。

——小林の声部《パート》

信号が変わり、道路を人が交錯《まじわ》する。

その中には、きまって、ぼくもいる。

夕空の下では、人々だけでなく影も歩くんだ。だから、横断歩道は大混雑だ。

ぼくはいつものように、いつもの表情で、いつもの歩調で他人の膚熱《はだいきれ》の中を進むのだけれど、最近になって、日々の光景《じつけい》に色が塗られてきたような気がする。今まで影法師《かげ》だった人たちが、全部ではないのだけれど、表情や容姿《かおかたち》、着ている服が視えるようになったんだ。

この人たちって、こんな表情で、こんな服を着て、こんな変梃《へんてこ》りんなことを話していたんだ、そうおもうと、もっと人を知ってもいいかな、なんて気持ちになる。屹度《きつと》、明日は違う表情で、違う服を着ているんだ。生きるってことは、変化を纏うことなんだね。

うん、人って案外、愉しいかも。

他にも、いろいろ見つけたんだ。

たとえば、今まで気づかなかった古美術品店《アンティーク・ショップ》。人通りの少ない寞《さび》しい路の途中にあるのだけれど、その陳列棚《ショーケース》の中に、一寸《ちよつと》だけ気味が悪くて、でも却々《なかなか》、魅力的な表情をした人形たちが座っていて、道行く人たちを、ぎょろりとした瞳で瞪《みつめ》ているんだ。なにかしらゾッとして、足を止めて見返してしまうんだけれども、中には花菱先生みたいに派手な人形もいて、ぼくはそれを見つけた時、おもわず笑ってしまった。一寸《ちよつと》、家に欲しいなとおもって、お値段を見てみたら、ギョクン！　どれもみんな、喫驚《びつくり》するぐらい高かった。虚《から》の財布を抱きしめて、それは悄然《しよんぼり》したものだよ。誕生日、羽柴君におねだりしてみようかな。

たとえば、帰り道にあるパン屋《ベーカリー》さん。この前、羽柴君と一緒に帰っていたら、お腹空いたねって話になって、そうしたら、そのお店からいい匂いがしてきたんだ。仕方がないなって、羽柴君が、ふかふかのクリームパンを買ってくれて、半分こして食べたら、これがとっても美味しいんだ。

たとえば、陸橋下《ガード》の音盤店《レコード》。これまで音盤《レコード》なんてまったく興味がなかったけれど、いつも探偵事務所の自動演奏箱《ジュークボックス》で聴いていたアノ曲が、最近、すごく好きになってきて、ぼくに音楽鑑賞という新しい趣味を開花させたんだ。羽柴君に音盤《レコード》を聴ける機械を譲ってもらって、偶《たま》に、こうやって学校の帰りに古い音盤《レコード》を見ていくんだけど、これが愉しいんだよね。お店の人とも仲良くなれたし。ていうか、羽柴君には、ほんとお世話になりっぱなしだな、ぼく。

あれから、随分と毎日が愉しくなった。

すごくってわけではないけれど、前に比べたら、可成《かな》り。

ぼくがおもっていたよりも、人という生き物は奥深い。表側からは視えない、秘密、本心、罪、傷がある。だから、覗いてみたい。ぼくは人に、その人が築いてきたこの社会に、もっと、興味を持てる気がする。

そうそう、ぼくに目標もできたんだ。

たいしたことじゃないんだけど、珈琲《コーヒー》のブラックを飲めるようになることなんだ。だってさ、明智先輩が美味しそうに飲んでいるのを見て、どうしてそんな苦い飲み物が好きなんですかって訊いたら、いつもの不機嫌そうな感じで「子供にはわからん」だって。

悔しいから、がぶがぶ飲めるようになってやるんだ。

あ、羽柴君からメールだ。

え？　塩を買ってきてくれって？　なにそれ。

――明智の声部《パート》

時計塔《クロック・タワー》の前には、今も献花をしにくる者が後を絶たない。

この場所は、あの夜、少年少女たちが落ちた場所だ。

保護された少年少女はたったの四人。犠牲は多すぎた。

マスコミは連日、警察の対応が遅かったと叩いているが、ネットでは俺の責任になっている。俺は後者の意見に賛成だ。あの時、何かができたとすれば、警察ではなく、俺だった。

俺が、この献花の山を作ってしまったようなものなんだ。

献花に来るのは遺族か、事件を知って弔意を表しに来た者か、あるいは、彼ら彼女らを傷つけた者たちなのか、こうして見ていてもわからない。いえることは、誰もが救えなかったということだ。心が毀《こわ》れ、救いを求めて叫んでいた者に手を差し伸べることのできなかった、罪人なんだ。

あの夜から俺は、毎日この場所で缶コーヒーを飲む。

弔っているつもりはない。あの夜、あいつの手を摑んだ時、そして、あいつの手を離してしまった時、その僅かな時間で交わした最後の会話をおもい出している。


「これは……なにをしてるんだい、明智君」

「ようやくだ。ようやく、お前に手が届いた」

あの時、俺と浪越を繫ぐものは、正真正銘、俺の右腕、そのたった一本だけだった。そんな頼りない細引《ほそびき》一本が、現世《うつしよ》と幽世《かくりよ》を繫いでいたんだ。

「これは……君の計算通りだったってことかい」

「この結果は数式で予測できていたか？」

「いや。驚いているよ。今までなかったパターンだ」

「やっと、救えたよ。浪越」

「──嬉しいな」

笑ったんだ。それは、いつの日か見た、笑顔だった。俺が何度でも見たいと思っていた、あの笑顔だった。あの日と違うのは、浪越は泣いていた。泣きながら、あの笑顔を見せたんだ。その顔を見た時、やっと、この手で浪越を救うことができた、俺はそう確信した。

「嬉しいけど……明智君、その手を離してはくれないか」

「……なにをいっている」

「僕は罪人だ」

「償わせるさ。俺が傍で見ていてやる」

「僕の罪は、あまりにも大きい。きっと、償いきれないよ」

「じゃあ、一緒に逃げてやる」

「でも、それじゃあ、僕たちの数式はどうなる？」

「まだ、そんなことをいってるのか。もういい、もう数式はいいんだ！」

「よくない……よくないよ。せっかく生んだ暗黒星が可哀想だ。それに僕は、君と対等の存在――友でありたいんだ」

「馬鹿……そんなものがなくたって、俺たちは――」

限界がやってこようとしていた。

俺と浪越を繋ぐ一本の、その感覚が失われつつあった。もし、ほんの一瞬でも、俺が右腕の力を緩めれば、浪越はあっというまに現世《うつしよ》から消えてしまう。そうでなくとも、幽世《かくりよ》は浪越を連れていこうと、激しい力であいつを引っぱり、冷たい風が俺たちを繋ぐ腕を、容赦なく、血が凍えるほどに冷やしきり、やはり、引き離そうと邪魔をしていた。

「君と出会えたことは、僕の人生の中で最良の事象だった」

「……お、おい、やめろ、摑め！　もっと強く！　摑め！　頼むから……」

「ありがとう、明智君」

俺は、浪越の手を摑み続けることができなかった。

俺たちの手のあいだに風が流れた瞬間。俺の汗ばんだ右手が空《くう》を握りしめた時。あの笑顔は一瞬で砂粒のように小さくなり、暗黒が横から掻っ攫って、呑み込んでしまった。

俺はまたもや、浪越《とも》を失ってしまったんだ。

俺ができることは、浪越を呑み込んだ暗黒星が今も生み続ける、怪人を捕まえること。

それが、俺とあいつを繋ぐ、途切れのない唯一の実線《せん》なんだ。

だから、これからも――。


――ん、なんだ。随分と派手な女が献花に来たな。

恰好も派手だが、持ってきた花も南国にしか咲いていないような花だ。

「悲しいわ。若い命が失われるなんて、本当に悲しいできごとだわ。どうか、安らかに眠ってね。南無阿弥陀仏、南無阿弥陀仏……」

あのピンク色の女、どこかで見たとおもったら、羽柴のクラスの担任か。しかし、どの花よりも派手な服装《なり》だな。あ、くそ、目が合った。

「あの、すみませーん、そこのお兄さん、ちょっとちょっと」

「なんだ……俺のことか」

どうも、俺のことは覚えてないようだ。なっ……おい、腕に絡まるな！

「誰かがいてよかった、あのね、ちょっと、お線香買いすぎちゃったんですけどぉ」

「——買いすぎだ。千本近くあるぞ、それ」

「なのなのぉ、張りきりすぎちゃってぇ」

「張りきるところが完全に違うな」

「でねでね。一人で全部は焚けないしぃ、お兄さんもよければ、どうかな、なんて」

「うむ、全部焚けばきっと火事になるな。一、二本焚いたら残りは持ち帰れ。俺はいい」

「うーん、でも、君は焚いたほうがいいかも。ちょっと肩に……」

「……なに？　俺の肩がどうした」

「あ、ごめんなさい、わたしその、視えるタイプでぇ、お兄さんの肩にねぇ、目つきのきつい感じの、髪の長い女の人が視えちゃうのよねぇ」

「そ、そんな奴は知り合いにいないぞ」

「でもせっかくだしぃ、一本くらいお付き合いしません？」

——中村の声部《パート》

「まいっちゃったよ、加賀美ちゃん」

そして、俺はまた、面会室《ここ》へやってくる。

アクリル板の向こうの無口な友人に、ぼやきを溢《こぼ》すために。

時計塔《クロック・タワー》の事件から警察は激動の渦に巻き込まれ、もみくちゃにされ、今は水溜まりにぷかぷか浮かんで死にかけている蜻蛉《とんぼ》みたいなもんだ。簡単にいえば、再起不能ってこと。俺みたいな下っ端は、真面《もろ》にその影響を受けちまうもんだから、毎日が寝ても覚めても修羅場で、へたなブラック企業よりも真っ黒な毎日を過ごさせてもらってる。こうして愚痴の一つも溢《こぼ》せる場所がないと、ストレスで胃袋にどでかい穴が開いて、どうにかなっちまうんだよ。

「これから大変だよ。このたびの件で内部の逮捕者がたっぷり出ちゃった上に、上層部《うえ》の開かずの扉まで抉じ開けられちゃったもんだからさ。首の挿げ替えや体制の見直しどころじゃ済まされなくなっちゃったよ。こりゃ、新しい就職先、考えた方がいいかもな」

俺の愚痴を聞かされている加賀美は、さっきから黙って俯いたまんまで、辛気臭いったらありゃしない。彼は今、滅私《めっし》の状態で、まるで世界中の罪を背負おうとしているみたいに重たい表情をしている。まあ、こんな場所でテンション高いウキウキウォッチングでも困るんだが、なんだか、坊さんの修行を邪魔してるみたいで、こっちが罪悪感湧いてくるんだよな。

「ああ、そういえば、須永なんだけどな」

ほんの少しだけ、加賀美は視線を上げた。

「死んだよ」

「――そうですか」

これも、あんまり反応はなしか。不味い献立を聞かされたみたいな顔《ツラ》だな。

加賀美が大切に飼っていた《芋虫》は、今朝方、臓器不全で死んだ。素人の延命処置では無理があったってことだ。正直、俺はホッとしている。だって、加賀美の心に、あんなもんがいつまでもぶら下がってたら、俺がどんなに面白い冗談をいったって、能面みたいな表情を見せられるだけだからな。もちろん、そんな気持ちは噯《おくび》にも出さないがね。

「嘘ついちゃおうかなって思ってたんだよ。だって、加賀美ちゃんさ、あいつが生き甲斐だとかいいだすから。でも、あいつはもう……とっくに死んでたよ、加賀美ちゃん。あんな状態を生きてるとはいわない。ああ、えーと、結局、なにがいいたいかっていうとさ……」

俺は両膝に手を置き、頭を下げた。

「このとおりだから、生きてよ、加賀美ちゃん」

「やっ、やめてください、中村さん」

慌てて加賀美が立ちあがる。お、そうそう。久しぶりに加賀美らしい顔になったな。加賀美の慌ててる顔、俺は好きなんだよ。

「生きてくれよ。それだけでいいからさ。いつだか、須永に生きる意味があるって加賀美ちゃん、いったよな。加賀美ちゃんにも、あるはずだよ。生きる意味が……」

「私の生きる意味は……時子でした」

「そんなこたぁ、ずっと前から、わかってるよ。時子さんもきっと、新しい生きる意味を兄に探してもらいたがっているはずだよ。あの子なら、きっと」

だめか、また、黙然《だんまり》だ。下向いて、なんにもいわなくなっちまった。

「あの人……南さんは、独房の中で自殺したよ。警察の誰《な》か《か》に手配させた毒を呷ってな。あの人はやりそうな予感はしてたけど……弟の復讐を生き甲斐にし、それが成就したら、はい、サヨナラなんて、呆気ないもんだ。俺はあの人、苦手だったけど……ったく、罪も償わずによ……彼女のように勝手に終わらせるなよ、加賀美ちゃん」

わかっています、と加賀美は石膏像のような硬い表情で頷いた。

「私には、もうなにもない。罪しかないんです。私の望みは、この罪を償い、早く処刑台に立ちたいということだけです」

「馬鹿やろう」

怒鳴ってやろうとおもったのに、声が出ねぇ。呻くみたいな声になっちまった。

「お前も刑事の端くれだったんなら、罪から逃げるな。塀の中にいて、番号で呼ばれて、刑《けい》場《じょう》の露と消えるだけが罪滅ぼしじゃねぇんだ。背負って、引き摺って、枯れた荒野の中で生き続けていくことも、罪滅ぼしなんだよ」

加賀美の拳は、白くなるほどに強く握りしめられていた。

「……中村さん、こんな私に生きろというんですか……」

「生きろ。加賀美」

「それが……いちばん……辛い裁きです……」

「そうだ。それがお前への裁きだ。まあでも、ここまで乗りかかったんだ。俺も付き合ってやる。お前が出所《で》てくるまで、時子さんの墓に花は絶やさないようにする。だが、お前の墓の花まで、俺は面倒見きれん。先輩にあんまり面倒をかけさせるなよ、加賀美」

ガチガチに凍りついた加賀美の表情が震え、そこから何かが剝がれ落ちたとおもったら、そいつは涙だった。加賀美は吠えるように泣いた。俺はまあ、後で泣くことにした。

「一人で背負わないで、みんなでさ、ゆっくり、のんびり、適当にやっていこうよ、加賀美」

加賀美は、たった一度だけ、力強く頷いてくれた。

——羽柴の声部《パート》

明智探偵事務所は、俺たちが帰る場所の一つになった。

明智さんには「ここは家じゃない」って、よく文句をいわれるんだけど、もうすっかり小林は探偵助手で、事務所にいない日はなかった。そうなると俺も付き合わされるわけで。

でも、家より居心地がいいのは間違いない。俺は二階の本棚のあるスペースを借りて、そこで膨大な事件の資料のデータベースを作らされている。しかも無償で！　それならせめて、俺にもあの手帳の申請をしてほしい。俺も事務所のスペアキーを渡されたってことは、そういうことだろ？　いや、小林が羨ましいわけじゃないんだ。羽柴の人間を無償《タダ》で使えると思わないでほしいってことだ。

今日は事務所に来たら誰もいなかったので、一人でデータベースの入力をしている。明智さんはまた、時計塔《クロック・タワー》にいってるんだろう。

そういえば、あの後、明智さんはスクーターを購入したんだ。あの晩、ちょっといいな、と思ったらしい。意外と感化され易いタイプなのかもしれない。「アケチ一号」って鬼ダサい名前を小林に付けられていたっけ。

ちなみに俺のバイク窃盗は状況が状況だけに、なんとか赦されることになりそうだ。まあ、持ち主に羽柴財閥から、それなりのお詫びがいったというのもあるんだけれど。

おっと、誰かが帰ってきた。無言ってことは明智さんだ。

「羽柴一人か、小林は」

「レコード店に寄ってくっていってました」

「そうか。悪いが、あいつに電話かメールで塩を買ってくるよう、伝えてくれ」

「塩？　料理でもするんですか？」

「そういうわけじゃないが、念のためだ。至急、と付け加えておけ」

明智さん、顔色があまりよくないな。何かあったんだろうか。

「じゃ、メール打っときますね。ん？　なんだか今日は線香の臭いがすごいですね」

「まあちょっとな。ああ、それとな、そこに積んである資料、急ぎで入力してくれ。後で中村が取りに来る」

「え？　ちょっ、それ早くいってくださいよ」

「悪いな」まったく悪びれた様子もなく、今度は本棚から何かを探している。「おかしいな。確か、このへんに霊供養の本があった気がするんだが」

「え？　何を探してるんですか？」

「いや、大したものじゃない。それより急げよ」

「はいはい——そういえば、浪越さんの遺体はまだ見つかっていないそうですね」

「ああ——報告はないな」

時計塔《クロック・タワー》から投身した少年少女たちの遺体は回収されたが、その中に浪越諒の遺体は含まれていなかった。数日かけて時計塔《クロック・タワー》周辺の捜索が行われたが、彼のかぶっていた髑髏の仮面が血まみれの状態で見つかっただけで、彼自身は忽然と消えてしまったのだ。そのため、マスコミは今世紀最大のミステリーとして大々的に取り上げ、なんと事件を再現した映画の製作まで話が出ているそうだ。

ネットでは当然のように生存説が浮上し、《原初《オリジン》》二十面相は本当に伝説的《レジェンド》な存在となってしまった。

「どこへ消えたんでしょうね。浪越さんは」

「同調者《シンパ》がどこかに隠したか、あるいは――」

「生きていたら、いいですね」

馬鹿らしい、というように、明智さんは俺の発言を鼻であしらった。

「現実が、そんなロマンチックだとおもうか――しかし、ある意味、あいつは生き続けている。同調者《シンパ》の中で、浪越の意思という生き血《ワイン》を飲んだ、第二の浪越が生まれる可能性がないとはいえない。その証拠に、『幻影城』は、生きている」

そうだ。二十面相支持者によって運営されているウェブサイト。新しい二十面相発生の温床になるからと警察は今でも強制閉鎖しようと頑張っているそうだけれど、逃げ水現象のように、ネット上に消えては現れを繰り返し、運営側の実態も掴めないでいる。

「情報が公開される早さや詳細さもそうだが、ここまで二十面相という存在に固執しているのは異常だ。浪越に近しい同調者が運営しているのは確かだろう。俺が今、警戒しているのは、『幻影城』の運営をしている者、あるいは、者たちだ」

「終わっていないんですね」

「ああ、続いている」

その時、扉がノックされた。何故か、明智さんが肩をびくんと震わせる。

「お客さんですよ、中村さんかな」

「俺の周りにノックする奴なんて滅多にいない。厭な予感がする」

そういうと明智さんは肩のあたりを手で払いながら「出てくれ」という。

妙な感じだな、と首を傾げながら玄関へ向かい、「はい、どちらさまですか」とドアノブに手を掛けた俺は、背中に視線を感じて振り向く。離れたところから明智さんがこっちを見ている。今日の明智さん、ちょっと変だな。お疲れなんだろうな。

再び、ノックが打ち鳴らされる。

「はーい」と扉を開くと、そこには紙袋がいた。

いや、頭から紙袋をかぶった、長身痩軀の男の人が立っている。

「やあ、どうも、こんばんは」

紙袋は手を挙げ、心安い声で挨拶をしてきた。

「あの」と後ろを振り返ると、明智さんは疲れた表情で頭を掻きながら玄関に向かって歩いてきた。そして、入ってこようとする紙袋を手で押し返し、

「隠れてないで出てこい、少年」

すると紙袋の後ろから、小林がひょこっと顔だけを覗かせる。

「なんだ、こいつは」

「そこで会ったんで、連れてきちゃいました」

「やあ、明智君、久しぶりだね」

紙袋の頭をふらふらと左右に振っている。見紛うことなき不審者だ。俺たちはこの人を知っている。幾つかの事件で関わったことがあるんだが、まあ、なんといっていいんだろう。ひと言でいえば、変態……？

「小林、二度とこんなものを拾ってくるな」

「ひどいなあ、明智君。大怪盗、影男は明智小五郎の終生のライバルのはずだが」

「おい、このゴミ袋を早く捨ててこい」

事務所の中で、電話がけたたましく鳴った。

小林は猫のような動きで、明智さんと俺のあいだを擦り抜け、受話器を取る。

「はい、こちら明智探偵事務所です！」

アニメ「乱歩奇譚」スタッフ

原案	江戸川乱歩
監督	岸 誠二
シリーズ構成・脚本	上江洲 誠
キャラクターデザイン	森田和明
総作画監督	山形孝二、鎌田祐輔
プロップデザイン	廣瀬智仁、別役裕之
CG ディレクター	内山正文
美術監督	宮越 歩
美術設定	曽野由大
色彩設定	加口大朗
撮影監督	三品雄介
編集	坂本雅紀
音響監督	飯田里樹
音楽	横山 克
アニメーションプロデューサー	比嘉勇二、鹿嶌 舜
アニメーション制作	Lerche
制作	乱歩奇譚倶楽部